JN137312

もういいか

山田 稔

編集工房ノア

もういいか　目次

カバー装画　野見山暁治
「カーテンを引いて」
装幀　山田　稔・森本良成

もういいか

はじめに

本書はつぎの三部から成る。

「本棚の前で」には二〇一九年以降、「海鳴り」、「ぽかん」その他に発表した作品を収めた。ただし「〈マリ・バシュキルツェフ〉を求めて」と「ムシからヒトへ――日高敏隆をめぐるあれこれ」の二篇は未発表のもの（執筆年月はそれぞれの最後に記してある）。

「雑々閑話」は全篇書き下ろしである。過去に自分が執筆した古い文芸雑誌の目次をながめながらよみがえてくる雑々たる思い（人物、できごと）を、あちこち寄り道しながら書きつづる。「本棚の前で」の雑誌篇のようなものである。

「雑」が好きなのである。雑談、雑文、雑記――小説ともエッセイともつかぬ散文のスタイル、若いころ「ＶＩＫＩＮＧ」で習得したこの独特の筆法を、よくぞこれまで持ちつづけられたと思う。

最後の「夜の声」、これはいわば別格で、「季刊文科」三号に発表した短篇小説であるが、これまで私の小説集のどれにも収録されていない。しかし私の二十代はじめの生活を描いた唯一のものとして、このたび併載することにした。

なお既出のものは全体にわたり多少筆を加えた。

書名は、いつものように収録作品名のなかから選んだ。

「もういいか」、これは小沢信男さんの私宛ての手紙のなかの文句である。昨秋、私は小沢さんの享年とおなじ九十三に達した。まだ車椅子などの世話にこそなっていないが、朝夕、胸のうちで「もういいか」と呟きながら暮らしている。よって「もういいか」。これに応える文句は「まーだだよ」ではなく、

もうあかん言うたら仕舞いああしんど　道草

最後になったが、永年お世話になった編集工房ノアの涸沢純平、装幀担当の森本良成の両氏、および私の少数の、熱心な読者諸氏に心からの感謝の意をささげる。

二〇二四年七月

山田　稔

本棚の前で

三冊の本

書斎の本棚の前に立って本の背をながめる。

本棚は書斎の壁の向き合った二面に、天井の高さまで造りつけになっている。幅およそ三メートルで一方は八段、もう一方は九段、そこにさまざまな本がほぼ著者別にまとめて詰め込まれている。ばらのものも少なくない。しかし私の頭のなかでは整理されているのだ。たとえば子供のころ愛読した家庭医学の書『赤本』は右の棚のほぼ中央の段に、山田風太郎の『半身棺桶』は反対側の棚の右端にというぐあいに。

文庫類は最上段に押し込まれていて、脚立がなければ取り出せない。もう脚立はこわいので見上げるだけ。取り出せたとしても、古い文庫本の字はいまの私の眼では無理である。

本棚に納まりきらぬ本は、棚の下あたりに二重、三重に山積みされている。これがまた厄介で、というのはこの下にどんな珍品が埋蔵されているかわからないからである。あるとき、ちょっとつまずいただけでその山が崩れ、下の方から埃にまみれて堅固な函におさまった大庭みな子の『三匹の蟹』、寺田博の『昼間の酒宴』、おまけに『便秘よさらば』といったものまで出てきた。いまとなってはあれもこれも懐かしい。

さまざまな出会いがあった。

本には思い出が、私だけの物語がある。

それは本の天と棚板の間の隙間に横向きに押し込まれ、わずかに薄オレンジ色の背の一部をのぞかせていた。気になって取り出してみると安岡章太郎の『父の酒』だった。

ああ、ここにこんな本が。ちょっと不思議な気がした。というのはしばらく前に、講談社文芸文庫の一冊におさめられた分厚い『僕の昭和史』を読んでたいへんおもしろく、やっぱり安岡はいいな、えらいなと思っていたからである。

私はその本を手に取り、埃を払ってから机の前にもどった。オレンジの地にねずみ色の格子縞、中央に紺の筆記体で「父の酒」、その下に黒く活字体で「安岡章太郎」、装幀は田村義也。一九九一年、文藝春秋刊。帯はない。

この本を私はたしか古本で買った。何時だったかは憶えていない。そして内容もほぼ忘れている。

たくさんの短文から成るエッセイ集だった。目次に目を走らせると、「チャップリンの死」、「追悼マリー・ベル」などがあって、おわりの方に「父の酒」というのがみつかった。鉛筆で小さな丸印がついている。

軍人（獣医将校）だった安岡の父親は大変な酒好きだった。おかしな好みがあって、晩酌の肴にリンゴ、バナナを醤油につけて食べた。その酒好きの父が敗戦後、南方の島から復員して以後、きっぱりと酒を断った。

ある日、病気で寝ている安岡のところへ、友人が上等のウィスキー持参でたずねて来る。そして酒が飲めぬ安岡の手前ひとりで飲むのは気がひけるのか、庭の畑にしゃがみこんでいる父親の方をながめながら、一緒に飲んでもらえないかと「私」に訊く。いや、酒は好きなんだが、いまはやめているのだと「私」は言いつつ、畑の方からちらちらこちらを見ている父親にむかって声をかけ、一緒にやらないかと誘う。

父は、立ち上って睨みつけるように私の方を見たが、ふと気弱な薄笑いをうかべて、近づいてきた。そして友人がコップに注いだ酒を手にとると、

「うん、これは好い酒だ、うまい……」

ひと口飲んで父は言った。恥ずかしさのためか、両頬が仄赤くなっている。

「いいでしょう、十二年ものですよ」

友人が言うと、父は、

「十二年ものか……。道理で」

と、あらためて私と友人の顔を見較べながら、頬笑んだ。

（中略）

「お前も少しやってみたらどうだ」

父は、飲みほしたコップを私に向けた。（中略）私は、友人の注いでくれた酒を少しだけ口に含むと、もう腹の中が熱くなり、やがて胸に何か昂揚したものがこみ上げてくるのを覚えた。

気弱な薄笑いをうかべて近づいてくる父親。うまいなあと感心する。

「第三の新人」のうち、安岡章太郎は私がいちばん親近感をいだいてきた作家だった。個人的な思い出もいくつかある。

ずっと以前に私が「文芸」に「バリケードのこちらがわ」という小説を発表したさい、彼は新聞の文芸時評で大きく取り上げてくれた。ただし褒めただけではない。書かれた中身は大方忘れたが、作中、研究室を占拠された教授が学生から招待され出かけて行くと、機動隊の導入を察知した学生たちは逃げ出していて部屋はもぬけの殻、というところをとり上げ、たとえば研究室には畳が敷かれ、舞子姿に扮した女子学生から「おいでやす」と迎えられる――せめてそれくらいのパロディー精神がほしかった、と書かれていた。これには参った。しかしその論調にはどこか親身なあたたかみが感じられ、へたに褒められるよりもありがたかった。叩かれることで私は安岡章太郎に近づいた。

その後数年たって私の最初の短文集『ヴォワ・アナール』が出たので送ると、礼状がとどいた。厚手の和紙でできた葉書を横にして、二行に分けて大きく“Voie Anale” Merci Bien! そして余白には、むき出しの尻から垂れ落ちるウンコの絵。

さらに彼は一九八〇年に講談社から出た『ウィタ・フンニョアリス』というアンソロジーの編者として、私の「スウィフト考」を収録してくれた。それが機縁で、私はある週刊誌で安岡章太郎とスカトロジーについて対談することになる。彼は初対面で固くなっている私を、「よう」といったいわば同志的親愛感にみちた笑顔で迎えてくれた。「対談」でどんな話をしたかすっかり忘れている。ただその席で出されたフランスの赤葡萄酒を口にふくみながら彼が「うん、こいつはうまい」とつぶやき、眼を細めて瓶のラベルを読んでいたおだやかな表情を、私はついこないだのことのように懐かしく思い出す。

前にふれたように、『父の酒』は古本で買った記憶があった。それを確かめようと私は裏表紙の見返し、いわゆる後ろ見返しをしらべてみた。すると右上の隅にシールが貼ってあり、白地に黒く横組みで「三密堂書店」、その下に「¥200」とあった。住所は「京都市下京区寺町通仏光寺下ル」、古本屋のことに疎い私には心当りはない。

ところがよく見ると、シールの上のわずかな余白に、かろうじて読めるほどの薄い鉛筆の文字で小さく何か記入してある。「糺の森古書祭り99・8・16日」と書かれているのだった。下鴨神社境内の糺の森へは私の家から歩いて二十分足らず。だが毎年八月のお盆のころそこで開かれる恒例の古本市に私は二、三度しか足を運んだことがない。

さっそく一九九九年の日記を取り出し八月十六日の項を調べてみた。するとつぎのようにあった。

「午後、糺の森の古本まつり（最終日）へ。3冊500円で徳廣睦子『兄の左手』、安岡章太郎『父の酒』、色川武大『ばれてもともと』を買う。収穫」

私は書棚から『兄の左手』を探し出し、後ろ見返しを見た。『父の酒』と同じ三密堂書店のシールが貼られ、同じ鉛筆の書き込みがなされていた。

つぎに『ばれてもともと』。これはシールだけで、書き込みはなかった。

『父の酒』、『兄の左手』、『ばれてもともと』、この三冊を私は一冊二〇〇円、三冊五〇〇円の棚で見つけたのだった。「収穫」どころか大収穫にちがいない。よくぞ最終日の午後まで残っていたものだ。『兄の左手』など私はきっと飛びつくようにして手に取ったにちがいないのだ。徳廣睦子が何者かを知る人は多くはあるまいが、それにしても当時、すなわち一九九〇年代のおわりごろ、これらの作家の本、というか純(?)文学作品の古本価値はこの程度だったのか。その二、三年前にも、めずらしく足を運んだ百万遍・知恩寺の秋の古書まつりで、阪田寛夫の『土の器』の美本を百円で手に入れたことがあった。

『ばれてもともと』と『兄の左手』の二冊を持ってふたたび机の前にもどった。うぐいす色の地に著者色川武大の名前は黄色、「ばれてもともと」の題名は白で抜き出し、その下の画はエッシャーの木版画である。

本の中身はすっかり忘れていた。ひところ私は色川武大を愛読していて、本棚には文庫本をふくめ七、八冊、妻の色川孝子の『宿六・色川武大』まで並んでいる。それなのにこのエッセイ集の印象はうすい。はたして読んだのか。とびらには表題の下に「遺稿集」とあった。

三部から成っており、Ⅰはエッセイ、Ⅱは人物論あるいは交友記。五味康祐、藤原審爾、川上宗薫、深沢七郎、こういう作家たちと付き合っていたのだ。Ⅲは主に書評と文庫の解説。

Ｉのなかの表題作「ばれてもともと」の一カ所に鉛筆でしるしがつけてある。やはり読んでいた。

車の事故で片足を失った友人が車の保険以外の何の保険にも入っていなかったとあり、次のようにつづいていた。

「私も、天災にしろ事故にしろ、ほとんど無防備の生活をしている。（中略）災害というものに対してなんとなくあっけらかんとした気構えがある。（中略）いざ悪い目をひいてしまったとき、内心のどこかで、

（――ばれてもともとさ！）

と思いそうな気がする」

永年ナルコレプシーという難病に苦しめられてきた彼は『狂人日記』で読売文学賞を受賞、またほぼ同じころ還暦をむかえ一念発起、岩手県一関に引っ越すことにきめ、それを待つ間、絶筆となった「好食つれづれ日記」（其の弐）を書く。

ある晩、浅草界隈で酔っぱらってホテルに帰り着いた彼は、服を脱ぎすててテラスに出て、あらためて浅草の街を見おろしながら考える。昔、悪所の街であった浅草は

いまはアクがなく、テレビドラマのように健全だ。これではだめだ。劇場も子供は入場できないくらいの悪徳劇をやり、休憩時間の中売りにはヒロポンを売るくらいでなければ。「今日は運がいい。手入れがなくて無事に帰れた」、そういう浅草が復活するように、と。

これを書きおわるとすぐに一関に移った色川武大は引っ越しさわぎの最中に心筋梗塞で倒れ、市内の病院に入院する。病状は好ましくない。しかし彼は相変らずよく食い、看病にかけつけた十五歳年下の従妹にあたる妻にむかって、「今、死ぬわけにもいかないんだ。あと一本、長編を残さなくては」と言っていたそうである。だが一週間後、この「ばれてもともと」の人は最悪の目をひいてしまう。「心臓破裂」。主治医によればそれは「一年に一人いるかいないかの」珍しい病いだった。

薄黄色の地に描かれた萩の花に似た赤紫の小さな花（装画・佐伯和子）、そのカバーの左上に縦に黒く二行に分けて「徳廣睦子／兄の左手」。

これには緑色の帯が付いていた。

「心やさしいすべての人々に贈る愛と献身の書」。その下に小さく作家上林暁の名を出してより詳しく内容の紹介がつづく。だが冒頭に「愛と献身の書」とくると、古本まつりに足を運ぶほどの文学好きのひとは二百円でも手に取るのをためらうのではないか。おかげで売れ残ったわけだが。

上林暁のずっと年のはなれた末妹である徳廣睦子は、脳出血の再発で半身不随となった兄（六十歳）の看病のため土佐の片田舎から上京し、十八年間付き添って看病しつつ、口述筆記で兄の執筆を助けた。——とこう書けば、たしかに「愛と献身」の美談に思えるのだが。

左手で書ける間は清書するくらいで済んだ。口述筆記になってからが辛かった。発音不明で何を言っているのかわからない。口もとに耳を寄せ、唇の動きから辛うじて察して書き取る作業を繰り返した。たとえば最初「焼け跡に芍薬の赤く芽ぐみけり」とあった俳句を兄は「焼け跡に芍薬の芽のまつ赤つ赤」と直した。この「まつ赤つ赤」がどうしてもわからない。「ワア、タッタア」、あるいは「ワア、ハッハア」と聞こえ、睦子も思わず笑い出す。笑い声もたまにはあったのだ。

睦子はもともと文学好きでも何でもない。「七たび生れかわったとしても文学をやりたい」と言う兄にたいし、「もう二度とお付き合いをする気力はない」と応じるひとだ。辛抱しつづけて十八年、満七十七で兄が死んだとき、彼女はこう洩らすのである。「全エネルギーを消耗しつくしたような気がした」と。主治医がつづける。「生き地獄のような生活」だった。「血のつながらない女房だったら、逃げていますよ」と。

「血のつながりと、それに兄の文学を大成させてやりたいという」一念から、辛うじて踏みとどまることができたのだろうと睦子自身も書く。

この「生き地獄」のなかから『白い屋形船』(一九六三)、『ブロンズの首』(一九七三)が生まれた。前者には読売文学賞、後者には第一回川端康成文学賞が授けられた。これには病床の老作家への同情、激励の意味がこめられていたにちがいない。

これは余談だが、川端賞の賞金百万円を受け取ったときのこと。睦子が「元気だったら賞金でまずは飲みに行くところね」と言うと、兄は「元気だったら賞などもらっていないよ」と応じた。頭の方はまだしっかりしていたのである。

機嫌のいいときは睦子にむかって、文章を書く上での「お説教」をした。

「まずは簡潔、次は、美し過ぎる言葉を使うな。そんな言葉は、飽きが来ると言うのだった。第三には感情的(あるいは感傷的?)な文章は書くな」

この箇所には私の符箋と鉛筆のしるしがある。

後に川端文学賞のさい、受賞者本人に代って睦子は文章を書かされるはめになった。「兄の左手」と題して書いた。兄の左手がいかにつよいか、いかによく働くか。

「ときどき、私の応え方が遅くていらいらすると、兄は左手で私をつねる。ますます兄の左手は強くなるようである」と結んだ。その最後の部分を削れと兄が言うが彼女は従わない。「これを削ると文章が死んでしまうと思ったから」。

詩人の天野忠は「聖ヨハネ病院にて」の作者が好きで、むかし二、三度家を訪ねたことがあり、そのときの思い出をいかにも懐かしそうに私に語ってくれたものだった。病気見舞いに行ったときのことを随筆にも書いている。睦子は「スラックスをはいた、しっかり者らしいきれいな妹さん」として描かれている。（「東京で」）

私はまた、若い作家の三輪正道にも上林家訪問記があるのを思い出した。『酔夢行』のなかの「天沼行」である。

上林暁の死後何年かたって『兄の左手』を読んだ彼は上京のさい、「徳廣巖城・上林暁」の表札の出ている家を探し当て、突然のことなのに家に上るだけでなく部屋のなかまで見せてもらう。床の間も本箱も本でいっぱいだった。埃が厚くつもっていた。

本箱のよこに古めかしいギターが立てかけてあった。「晩春日記」に出てくるギター――神経を病み、そのうえ眼もほとんど見えなくなった徳子（妻）が一時退院して家にいる間に爪弾きしていたあのギターである。

ひどく寒い日で、体が温まるからと睦子さんが熱い甘酒をごちそうしてくれた。「咽喉越しの甘さが気になった」と正直に三輪は書いている。「甘」ぬきの酒がほしかったにちがいない。

睦子さんが言った。あなたは運がいい。もうすこし後だったらここにある兄の遺品類はみな田舎に送っていただろうから、と。

床の間を見ると色紙が飾ってあり、そこには端正な筆でこう書かれていた。


五十ではきざ、六十で自在にありたい　上林　暁

「六十で自在にありたい」

まだ三十にもなっていなかっただろう三輪正道の眼には、六十は何の実感もともなわぬ遠い先のことにしか映らなかったにちがいない。それから何年もたって、「すま

じきものは宮仕え」からやっと解放され「自在」になりかけたとき、彼の命数は尽きる。三輪正道、享年六十二。

三人の作家——耕治人、小田仁二郎、瀬戸内晴美

勤め帰りの比較的空いている時間に、電車のなかで本を読んでいた。「降車駅のひとつ前の駅で数人の乗客が降りる気配をみせはじめたとき、向かいの席に座っていたとおぼしい老人に声をかけられた。「耕治人が若いひとにまだ読まれているなんてうれしいよ」。ぽんと肩を叩いて、感に堪えない、そう感じさせる口ぶりで返事をもとめずそれだけ言って降りていった。ドアが閉まって、電車はすぐに動き出す。黒っぽい縁の眼鏡に、中折れ帽。目をあげた一瞬そんな姿が残って、ひと駅分のあいだ、おぼろになっていく姿を暗い車窓に映しては、繰り返しその言葉を思った。」

秋葉直哉「孤独な星の光り」（「ぽかん」9号）

私自身がその老人で、同時に声をかけられた「若いひと」でもあったようなしあわせな気分にひたってしばらく時をすごした。

秋葉直哉が電車のなかで読んでいたのは『耕治人全集』の第二巻のなかの一篇「暗い濠」、というよりもその最後の、次頁にまたがってぶら下がっている一行が気になって探していたのだった。

学生のころ古本屋で『耕治人全集』の端本を手に入れた彼は、すぐにその「地味さ」が好きになった。「低いところからちいさく発せられる声。そして同じことばかりを飽きもせず繰り返し何度も書く」ところに惹かれた。「たった一行の光によって記憶されていく本」だと思った。そう書いた後で彼は多田道太郎の文章を引く。

「耕治人は最後の私小説の作家だといわれている。私小説というククリかたは便利・重宝ではあるけれど、耕治人は私小説の流れとはちがう別の流れを、将来つくるか、あるいはつくらなければ孤独な星の光りとなるように思う。」

（多田道太郎「この世に招かれてきたことば」、『耕治人全集』第一巻月報）

一行の光り。
孤独な星の光り。

私は椅子から起ち上がり数歩あるいて本棚の前に立った。耕治人は下から三段目の棚の右端に置かれている。中川一政装幀・題字の『天井から降る哀しい音』と『そうかもしれない』、そのとなりに一巻本の『耕治人自選作品集』。その背の文字は見えているのだが、近づくには手前の床に平積みされた本と雑誌の山を跨がなければならない。よろめく足を踏んばって手をのばし、取り出そうとするがなかなかできない。やっと引き出し、埃を払って机にもどった。

堅い函におさまった、ずっしりと重い大型本である（後で計ってみると厚さ三・五センチ、重さ八五〇グラムあった）。函から取り出すのがまた一苦労である。本の函といえばむかし杉本秀太郎が「あんなもん、すぐほかすんや、その方が本棚のスペースが空くしなあ」と言っていた（そのくせ彼自身の著書には函入りが何冊もある）のを思い出しながら力の衰えた指先で中身をやっと取り出した。古風なモスグリーンのクロス装で、奥付によれば一九八三年武蔵野書房発行、定価三千八百円。本文四百六十八ページで二段組。「小説」と「感想」の二部構成で、巻末に詳細な初出誌一覧と著作年譜が付いている。

秋葉直哉が車中で読んでいたという「暗い濠」を目次で探すが見つからない。そのとき、「一条の光」の四文字がまさに一条の光となって目にとびこんできた。

「一条の光」は、「日本小説を読む会」で取り上げたことがある。報告者はたしか多田道太郎だった。念のため古い会報を取り出して調べてみると、それは一九八七年一月の例会であることがわかった。私はその機会に耕治人をはじめて読み、たちまち好きになったのだった。

短篇小説「一条の光」は、つぎのようにはじまる。（初出一九六七年、「この道」八月号、作者六十一歳）

「長いあいだやっていると、人間だれだって、これだ！　ということにぶつかるのではないか。（中略）

私の場合、ゴミと関係がある。ゴミが登場する。チリ、アクタ。まったく私にふさわしい。そのゴミは、四畳半にあった。あった――というより、転がっていた。」

戦争中の昭和十八年の話である。「私」と妻のひろ子は四畳半と三畳の二間の貸家に住んでいる。そこへ、ひろ子の姉の子（つまり姪）でひろ子の養女になっているフジ子が東北の田舎から出て来て同居し、女学校へ通いはじめる。

「私たち」夫婦は三畳の間をフジ子にあたえ、自分たちは四畳半で暮らす。妻のひろ子は昼間は勤めに出て不在である。そのうちフジ子は故郷に帰り、三畳の間が空く。ある朝、ひろ子が家を出た後、「私」が四畳半の部屋で仕事（原稿書き）をしていてペンをおき、何気なく眼を机から畳に移したとき、ゴミが飛び込んでくる。それは四畳半の真ん中あたりで動かないが、飛び込んできたような気がする。ついさっき、ひろ子が掃除したばかりなのに。

「小指の先ほどの鼠色のそのゴミは生まれたような気がした。見つめていると、生きているように感じられた。不思議なことが起きた。そのゴミを起点として、一条の光が闇のなかを走った。私は闇のなかに、いつのまにか、いた。一条の光は私の過去であり、現在だ。（中略）生涯を一条の光が貫いたのだ。（中略）私はワナワナ震えた。身動きができなかった。コレダ！　と思ったのだ。それまでも自分のことを書いたが、自信はなかった。そのとき必然性が生まれたのであった。」

参考までに記しておくと、この作品を書く前、耕治人は幻聴、幻覚に悩まされ、精神病院に入院している。

この作品について、会報二九八号の報告レジュメのなかで多田道太郎はつぎのように書いていた。

「ネズミ色のゴミが、光となって生まれ、生きてゆく。ほとんどビョーキのしるしのようなこの幻像に私は打ちのめされた。これは作家が自分の生を発見―再発見する啓示のしるしのようなものではないか。彼の見たゴミは何かの象徴ではない。違った色彩を帯びた過去そのものである。（中略）このゴミは作家の幻覚か、それとも詩の発見か。」

報告の後の討論で、冒頭「耕治人っていいなあ。こんな作品読めるのは、よむ会にいるおかげ」と私は発言しているが、応じる者はなかった。概して評価はあまり高くはなかったようである。私小説として中途半端だというのだ。事実、ゴミが光るところまでは別に何ということもない話なのである。報告者も「文体よくないし、うまいとも思わん」と認めている。それが最後で光る。

もともと耕治人は詩人であった。長年、千家元麿に師事し、詩集もある。その「詩」がここで光るのだ。

ここまで書いて会報（全六ページ）をファイルにもどそうとして何気なく次のページをめくると、そこに「もう一条の光——耕治人覚え書」という文章が載っていた。筆者は私である。すっかり忘れていた。ほぼつぎのような内容だった。

「一条の光」は「妙な小説」である。（一）で「ゴミ」が出てくるがその話はそこで跡切れ、（二）の冒頭でまた現れてまた消え、（三）のおわりでやっと「ゴミ」の正体があきらかにされる。耕治人はどうやら、行きつ戻りつしなければ真に書きたいことに到達できないらしい。例えば、「てんびん」もそうだ。そのほか「どくだみ」では、「私」から疥癬を移された妻にそれを見せられると、「私」の胸は「なんともしれぬ和らぎ」にみちてくる。「結婚」のおわりでは、好きでもない女と結婚した「私」はこう考える。「しかし、嫌悪こそ真の恋の姿ではあるまいか」と。そして最後に私は「ここからもまた、一条の光がさして来る」と結んでいるのだった。

久しぶりに「そうかもしれない」を読み返した。

八十一歳で、口中の難病（口腔癌？）のため入院加療中の「私」に会いに、特別養護老人ホームに入居中のぼけかかった同じ八十一歳の妻が、介護士に付き添われてやって来る。「このかたがご主人ですよ」と言われ、「そうかもしれない」とつぶやく。

「そうかもしれない」と言うのは妻の方だった。私はわが身にひきつけて夫の「私」の方だと思いこんでいたのだった。長年「私」は妻に苦労のかけどうしだった。それに黙って耐えてきた妻がいま、「そうかもしれない」とつぶやくのである。もうどちらであってもかまわないのだ。

耕治人は最後になって真情を洩らす。絶筆となった作品の最後でこう書くのだ。あれもこれも「そうかもしれない」と。

ここからもまた、一条の光がさして来る。

＊

『耕治人自選作品集』を函におさめ、本棚の元の場所にもどそうと席を立った。ところがその本のスペースがすでにごくわずかながら狭くなっているのだった。その棚には他にも函入りの大型本が何冊も並んでいる。いずれも堅固な函におさまった重量級のもので、その重圧を押しもどし、耕治人を元の場所におさめるのは容易ではない。それよりもそのとなりの、棚のいちばん端の板壁に押し付けられたというよりへばり付いた感じの比較的薄い、これも函入りの一冊を取り除いて空きをこしらえる方が手っ取り早い。その一冊は、どこか棚板と本の間の空間に横にして差し込んでおけばいいだろう。

そう判断した私は、棚のいちばん端の薄暗がりに隠れている本の灰色の背に目をやった。すると濃い赤紫色で「触手」と読めた。あっ、と急いで取り出しあらためて見ると、たしかに小田仁二郎の作品集『触手』だった。

こんなところにあの『触手』が。

本棚にはいつも発見がある。

私は急いで埃を払い、そのやや大型の本を手にして机にもどった。これも耕治人に負けぬほどの重さである。

函の表には朱、焦茶、黄の入り混じった火焔のようなまだら模様を背に、横組みの金文字で著者名および書名が印刷されていた。

まず帯文に目を通す。

「文学の前衛とは文字通りこの作品のおかれた位置であろう（中略）。人生と文学の深淵を格闘しつつ急逝した小田仁二郎の激しい孤独」。

さて函から取り出そうとすると、これがまた少々振ったぐらいでは微動だにしない。まるで引き出されるのを頑なに拒んでいるようなのだ。それを何とかしてやっと引っ張り出す。

表紙は濃い赤紫あるいはワインレッドのクロス装。左下に金箔押しの紋様。著者名と書名は背に空押しされているだけなので、光線のぐあいによっては読みとれない。

奥付によると発行所は深夜叢書社、発行人・斎藤慎爾、発行年月・一九七九年九月二十五日、定価三千五百円。

扉をめくると突然目の前に、一頁大の顔写真が現れた。あ、高橋、と思った。和服姿の胸から上の顔写真。眼鏡はかけていないが高い鼻梁の線、下唇のかすかなゆがみぐあいから一瞬、高橋和巳の容貌を思いうかべたのである。しかし落ち着いてよく見ると、三十九歳で夭折した『悲の器』、『憂鬱なる党派』の作者とくらべ、こちらの方が悲も鬱も年季が入っているというか、より深くより濃い。

大きな、立派な顔である。何歳ぐらいだろう。おそらく晩年、たぶん六十前後か。

巻末の、改行なしで一頁にぎっしり組まれた略年譜によって生涯をたどってみる。

小田仁二郎(おだじんじろう)は一九一〇年(明治四十三)山形県宮内町(現南陽市)の医者の家に生まれた。一九三五年早稲田大学仏文科卒業(卒論はモーパッサン)、都新聞社入社。一九四八年、野間宏、埴谷雄高、島尾敏雄、安部公房らとともに真善美社から出たアプレゲール・クレアトリス叢書の一冊として『触手』を刊行。福田恆存に激賞される。その後「昆虫系(一九三…年)」と「メルヘン　からかさ神」がそれぞれ第二十七回と二十九回の芥川賞候補となる。一九五六年に瀬戸内晴美、吉村昭、北原(津村)節子らと同人誌「Z」創刊。妻子のある身で一回り年下の瀬戸内晴美と「半同棲」生活をはじめる。その間、原稿は売れず、生活のため週刊誌に通俗小説を連載するが流行作家にはなれず、最後は不遇のうちに一九七九年五月、舌癌のため死亡。享年六十八。

つぎに目次に目を通した。収録作品は「触手」のほか「昆虫系(一九三…年)」、「メルヘン　からかさ神」など六篇。

「触手」は三つの章から成るおよそ七十五ページの中篇小説である。

九十二にもなってまたオダジンとは、じつを言えばしんどい。だがたまたまこの本が見つかったというのも何かの縁だろう。そうみずからに言い聞かせながら私は覚悟して読みはじめた。

「私の、十本の指、その腹、どの指のはらにも、それぞれちがう紋々が、うずをまき、うずの中心に、はらは、ふっくりふくれている。それをみつめている私。うずの線は、みつめていると、うごかないままに、中心にはしり、また中心からながれでてくる。うごかない指のはらで、紋々がうずまきながれるのだ。めまいがする。私は掌をふせ、こっそり、おや指のはらと、ほかの指を、すりあわせてみる。うずとうずが、すれあう、かすかな、ほそい線と線とがふれる感覚。この線のふれるかすかなものに、私は、いつのまにか、身をしずめていた。せんさいな、めのくらむ、線の接触。」(ここまでが最初のパラグラフ)

「(……)私というものは、とうに死に、私などではない、まったくべつな、十本の指だけが、生きていたのかもしれなかった。指だけが生き、私というものは、どうなったのだろうか。」

読点と仮名のやたらと多い文章が以下、改行なしで延々とつづく。長いところでは四、五ページにわたって。ああ、目がくらむ、めまいがする。

そして「私」、いや指、指の腹の紋々、触手と化したその「私」が幼な友だち由実の下腹を撫で、寝床で母親の陰毛をまさぐるのである。そして最後。

「(……)私はいつかめくらになるのかもしれない。盲目。けれど私の肌の触覚、私はすでにひとつの触手であった。うごめく、私の、触手にふれる、松の音が、どこかするどく、私のめのうら、いちめんのくらがりに、松の花粉が、ひとつぶずつの微粒子をおりなし、まいあがり、ゆるく、ながれた。由実の肌の微粒子。いきている由実の、すべすべの皮膚の、めにみえない微粒子からさえ、死人の手がういてきた。誰れの。死人の手。死なければならないのは誰れであるか。」

このような風変わりな(むしろ奇怪なとよびたい)小説が偶然とはいえどうして耕治人と並んで私の本棚にあったのか。――とこう書いて思い出した。またしても「日本小説を読む会」である。

若いころ野間宏が好きだった私は、やはり野間の好きな多田道太郎さんとしゃべっていて、私が野間は『真空地帯』などよりも初期のもの、たとえば「暗い絵」、「顔のなかの赤い月」の方がいいと言うと、多田さんも同感で、二十歳ごろ真善美社から出ていたアプレゲール・クレアトリス叢書という戦後文学シリーズの一冊で「暗い絵」とともに、小田仁二郎の「触手」を読み、衝撃をうけたと熱っぽく語った。それを憶えていた私はその後、『触手』が出たのを知り早速買って一読。これは難物、「よむ会」で多田さんに報告してもらおうと考えたのだった。(そのころには「触手」は講談社の『現代の文学』38の「戦後I」の巻に収録されていたと思う)。

「触手」が「日本小説を読む会」で討論されたのは一九八三年一月四日の第二六四回例会でだった(「一条の光」よりもこの方が先)。会報二五四号掲載の報告レジュメのなかで、多田道太郎はつぎのように書いている。

「もっとも浅薄で、もっとも無意味な紋の流れのなかに、人類のいちばん大切な記憶がしまいこまれている。概念化していえば「触手」の言いたかった思想は、右のようなものだろう」と。また、「近代小説には筋というものがあったが、「触手」では後にひっこんでいて、前に出てきているのは十本の指、そこに渦まいている目まいのするような紋々である。後にアンチ・ロマンというのがあらわれたが、「触手」はアンチでなくとも〝ア・ロマン〟である」と。いかにも多田流のレトリックだが、「ア・ロマン」の「ア」は漢字にすれば「亞」だろうか。亜小説？

「私」の父は倉で縊死する。結核の母は海辺で死ぬ。父と関係のあったらしい叔母のフミも、胃ガンで無惨な死に方をする。

「私の眼には、フミのくらい陰門のおく、父の、くびつりの、しろいねまきすがたが、だらりと、ぶらさがってみえる。」

このくだりを引いた後、多田はつづける。

「死の向うの性の、性の向うの生の、生の向うの海の、海の向うの洞窟の無気味なイメージである」（小田の文体がうつったか）。そして「読みなおす機会が与えられて、ほんとうによかったと思う」と結ぶ。

当日は正月例会で、出席者二十四名の盛会であった。その日の記録係（本田烈）によれば、「鋭い分析力に支えられた格調たかき報告、「陰毛」の語すら品位を帯びて、聞く者のあいだに私語ひとつ無かった。」

しかし、あるいはそれゆえにか、討論の方はあまり深まらなかったようだ。大雑把に言えばほぼ全員「当惑または困惑」といったところか。某女「正月早々ナントいうものを！」某男「正月早々スサマジイものを読まされて、まだめまいしている」。

私自身はつぎのようなことをのべたことになっている。

「(…)ぼくはストーリイ派だから入ってゆき難い。前面に微細な感覚ありテンポあるが、その奥に闇にぼかしてストーリイ性あり、その二重性に緊張を強いられ疲れるのだ。たいへん知的な文学、云々。」

なお福田紀一によれば、高橋和巳と小松実（左京）が識り合ったのは「触手」がきっかけだったそうである。

二ページにわたる討論記録はつぎのように結ばれていた。「陰毛の文字、何回かいたやろ」

＊

「死人をはじめて見たのは、数え年四つの夏であった。」

瀬戸内晴美の短篇「みみらく」（一九七九）はこのように始まる。

「庭に面した広い屋敷の真中に盥が据えられ、死者は素裸になり、行水をしているように盥いっぱいになって坐っていた。」

この後にいくつもの肉親の死の模様を回想する文章がつづき、

「いつのまにか、母と父の歿年を超えて生きている。自分が両親の歿年をすぎてみて、五十代の彼等の死が、どんなに若死だったかに思い至り、愕然とした。」

ちょうどそのころだった、小田仁二郎の死を突然知らされたのは。電話が切れた後もその場に坐りこんで、しばらく動けなかった。

電話をかけてきたのは小田の娘だった。むかし彼と「半同棲」生活（夜は小田は湘南地方の自宅にもどる）をつづけていたころまだ幼かったその娘は大学を出た後、いまはある雑誌の編集者になっていた。

小田仁二郎のことはすっかり忘れていた。その自分が彼の死にこれほど取り乱すとは。

小田と付き合っていた間じゅう、誇張でなく毎日彼の死と向かいあっていたのだ。「はじめての逢引の夜、彼は死に誘った」。ちょっとした弾みがあれば心中してもおかしくなかっただろう。そんな危機をいくどか切りぬけて二人は生きた。より本質的に虚無的である瀬戸内にくらべれば、日常生活に関心のある小田はまだ楽天的であるように見えた。その彼が死に、自分はこうして生き残っている。

五島列島中最大の島である福江島を、瀬戸内晴美は取材のため訪れた。小田仁二郎の四十九日がすんでいた。

福江の町の西北部の海中に突き出した半島が三井楽町で、むかしは「みみらく」と呼ばれていたらしい。当時、遣唐使がこの沖から東支那海へ出てしまえば、もう故国の島影は見えなくなる地点だった。「伝教大師巡礼」の仕事のため見ておきたくて、その地を訪れたのだった。

むかしみみらくの浜は人が死後三年で生き返るとか、そこへ行けば亡き人に逢えるといった伝説があった。仕事上の必要以上に、小田仁二郎によって「私」はその地に引き寄せられたのだ。

小田仁二郎との関係がはじまったころ「私」（瀬戸内晴美）はスキャンダルをよんだ小説「花芯」によって、また第一回田村俊子賞を受賞の評伝『田村俊子』によってすでに作家としての地位を築いていた。

一方、小田仁二郎は原稿が売れず生活に窮していた。彼と同時にアプレゲール・クレアトリス叢書シリーズで世に出たいわゆる第一次戦後派の作家たちが、それぞれのやり方で戦後の日本社会の問題と取り組んでいたのに、小田は「触手」色はうすめつつも彼独自の「前衛的」スタイルを守ろうとつとめていた。しかしすでに時代は変わっていて、彼のすぐ後には「第三の新人」たちが抬頭しつつあった。小田の「からかさ神」が候補となった第二十九回芥川賞で受賞するのは安岡章太郎の「悪い仲間」、「陰気な愉しみ」で、以後吉行、小島、庄野、遠藤らがつづく。「からかさ神」ではもはや太刀打ちできないのである。

編集者に原稿を突き返されてもどってくる小田の姿を見て、「私」は彼の「屈辱と絶望感を、外で転んで傷をして帰った子供の時にいきなり口をつけて、流れ出る血を、一滴も残さず彼の苦痛を吸いとってしまおうとする母親のように」しながら、はげましつづける。

その一方で、瀬戸内は小田から小説家の養分を吸いとって作家として成長する。後年、この「半同棲」生活を題材に『夏の終り』を書いて第二回女流文学賞を得るのである。

二人の関係のおわりごろ、ある日、小田仁二郎は「新潮」の編集長斎藤十一から呼び出される。斎藤十一といえば、当時大変な力のある文芸編集者だった。期待に胸をふくらませて出かけると、週刊新潮に連載中の柴田錬三郎の『眠狂四郎無頼控』の後をうけて書かないかと言われた。屈辱的な話だった。しかし相手は有力編集者であり、また金も欲しい。結局引き受けて『流戒十郎うき世草子』を書く。こうして金銭的に恵まれるようになった小田と、瀬戸内はやがて別れる。

後日、瀬戸内はつぎのように書いている。

「斎藤十一氏は純文学の作家に、大衆小説を書かせて、転ばせるのが趣味だと噂されていた。柴田錬三郎さんも五味康祐さんもそうされて、流行作家になった／小田仁二郎は、無事、「流戒十郎」を書き終えたが、ついに流行作家にはなれなかった。」

（瀬戸内寂聴『奇縁まんだら　続』）

事実、忘れられたのである。いま私の手元にある『増補改訂　新潮日本文学辞典』（一九八八）を見ると、「小田仁二郎」の項目はない。

みみらくへの取材旅行には沢木という編集者が同行していて、その彼がまた、小田仁二郎の「ファン」だった。以前あるバアで小田に会ったことがあったと言う。ちょうど彼が週刊誌に書いていて羽振りのよいころだ。すでにかなり酔っていた。沢木は学生時代に「触手」を読んでファンになり、以後小田仁二郎の本を古本屋で見つけ次第買っていたので声をかけると、「へええ、『触手』、そんなもの読むのやめなよ」、やさしい声でそう言うと小田は「上体をぐらっとなびかせ、沢木の方へ大きな顔をよせてくるようにして、もっとやさしい声で」つぎのようにつづけた。ある古道具屋（古本屋ではない）で自分はその本を買った。いくらだったと思う、と。

そう問われて沢木はためらう。自分が古本屋で買った値を言うべきかどうか。

「その時、小田仁二郎が、いきなり沢木の頭を両手でかかえこみ右の耳に声を吹きこんだ。

「ただ」

「えっ」

「こんな本、ゴミと同じだからほしけりゃ、持ってきなって」

何かいわなければと思った時、沢木は飛び上るような痛みを耳に感じた。小田仁二郎が沢木の耳たぶに歯をあて、思いきり、力を入れたのだ。喰いちぎられるのかと思うほど、歯はいつまでも喰いいってきた。」(「みみらく」)

小田仁二郎の体はそのころすでに病に冒されていたにちがいない。小田の娘の話によれば、一九七八年のおわりごろ異常に気づいていたはずだが一言も口にしなかった。翌年四月になってむりやり病院に連れて行かれたときは、もう手のほどこしようもない状態だった。舌癌と診断されたが、おそらく癌は全身に転移していたのだろう。医師の話によると「あの痛さは絶対、表情に出る」そうだ。しかしそういう表情は一度も見せなかった、と娘は言った。医師の診断によれば、衰弱しながらも夏はこせるだろうとのことだった。おそらくそのころ瀬戸内寂聴の尽力で、深夜叢書社版の作品集『触手』、いま私の机の上にある函入りの立派な本の刊行が急がれていたはずである。それが出るのは一九七九年九月二十五日、その四カ月前の五月二十一日に、医者の見立てを裏切って小田仁二郎は死去する。

「小田仁二郎は自分の意志で、最後にがまんの緒を切らし、死を選びとったのだ」と瀬戸内晴美は書いている。

死後、ノート、原稿、自作の掲載された雑誌や本、すべては焼き捨てられていたことがわかった。

指の腹の紋々、「触手」の作者はこのようにしてみずからの紋々を消し去ったのである。

ヌーボーの会のこと

『ぼくはイエローでホワイトで、ちょっとブルー』の作者ブレイディみかこがブライトン在住と知って懐かしく思った。ただし、イングランド南東部、イギリス海峡にのぞむこの小さな港町を私は訪れたことはいちどもない。私がとっさに思ったのは同じブライトンでも『ブライトン・ロック』の方なのである。「おれは殺されようとしている」で始まるこのグレアム・グリーンの傑作をむかし愛読したことを私は忘れていなかった。

作家グレアム・グリーンの名前を知ったのは映画「第三の男」によってだったと思う。ただ映画の感動がつよすぎて、後から読んだ原作の方は印象が薄れてしまった。

それでも、その後このイギリスの作家が好きになった。いまも書斎の本棚には彼の作品が十数冊並んでいる。何冊かは早川書房の『グレアム・グリーン選集』（全十五巻）の端本である。とくに好きなのは『二十一の短篇』のなかの「無邪気」（The Innocent）。長篇では断然『ブライトン・ロック』（Brighton Rock）（丸谷才一訳）だが、冒頭の部分以外、内容はほとんど忘れている。いま手に取ってみると、二段組みでぎっしり詰まっていて、その小さな文字は私の衰えた眼ではもはや読み返せそうにない。ざっと飛ばし読みしたかぎりでは、つぎのような内容のようだ。

「ブライトン・ロック」というのは、保養地ブライトンの海岸で売っている棒状のキャンデーのことで、岩のように固いのでこの名が付いた。ギャング団の頭のピンキーというチンピラが主人公で、その行動と心理をスリラー仕立てで描いたエンターテインメント風の小説である。

若いころ私は一時グリーンやモーリアックのような悪を描くカトリック作家を愛読していて、この『ブライトン・ロック』についてヌーボーの会で報告したことがある。一体、どんなことをしゃべったのか。

私が三十代はじめのころ、ということは今から半世紀以上も前のことだが、京大仏文科で同期の沢田閏を中心に、ほぼ同学年の仏文研究者が月に一度、夕方から京大楽友会館二階の小部屋に集まって二十世紀の外国小説について討論する会があった。討論などと書くといかにもまじめな勉強会のように聞こえるが、じつはなかば遊びのような気楽な集まりで「ヌーボーの会」と称していた。命名者は私だった。毎月出していた会報に報告レジュメのページがあって、それを見れば私が『ブライトン・ロック』についてどんな報告をしたかがわかるはずだ。

会報がはたして残っているかどうか。

書斎の押入れの奥ふかくに、私が「時のつづら」とよんでいる段ボールの箱がいくつかある。そのうちの一番奥の長らく開けたことのない箱。会報が残っているとすれば、このなか以外には考えられない。

半日がかりでやっと引きずり出して開き、底の方をさぐってみた。

あった！

まさに奇蹟、小さな冊子のようなものが何冊もきれいに揃えて一部溶けかかった輪ゴムで束ねてある。まるでこの日この時に備えたかのように。

「二十世紀小説」、その一号から四九号まで、途中、二七、二八、二九、四六の四号分が欠けているだけで他は全部揃っている。

葉書大の紙型で、粗悪な紙に横組みでタイプ印刷された八ページのものをホッチキス一つで綴じてある。その部分が錆であかくなっていた。

第一号の発行日は一九六一年十月十一日、最後の四九号は一九六六年六月二十七日。足かけ六年にわたって発行されたことがわかる。

その第一号の「開会の辞」のなかで、S（沢田閏）はつぎのように書いていた。

「かねてから生島先生と中先生のあいだで現代文学の研究を推進させようというご計画があったときく。ここ一、二年、われわれ小先生なかまでも、従来の専門のカラを破って最新の文学に接したいという声が出てきた。アマのジャク(ママ)である。あるいはウワキである。」

その結果、「ヌーボーの会」が出来た。会には三つの原則がある。

「1、二十世紀フランス小説を中心とする。
2、作家論でなく作品論に重点をおく。
3、会員は例会で発言し報告する義務をもち、毎月百円だす。」
会報は報告レジュメ、討論、エッセイ、そして最後の八ページ目に編集人の沢田が

Sの匿名で会員の消息、二次会の酒場でのゴシップなどを報告している。司会と記録は沢田閏。

当時すでに存在していた「日本小説を読む会」への対抗意識もあったにちがいないが、会の原則から会報の構成まで何から何まで、沢田も会員であった「読む会」そっくりである。

右に引いた「開会の辞」のなかに「中先生」とあるのは大先生（生島遼一）にたいし生田耕作、多田道太郎、黒田憲治ら私たちより五つ六つ年上の先輩をさす。それにたいし自分たちを「小先生」とよんでいるのである。ただし「中先生」の多田道太郎はこの会には関係していない。「日本小説を読む会」だけで十分と考えていたのであろう。

第一回はアンドレ・マルローの『王道』（一九三〇）を田村俶が報告している。出席者は生田耕作（京大）、沢田閏（同志社大）、島田尚一（同）、杉本秀太郎（京都女子大）、田村俶（奈良女子大）、鳴岩宗三（関西学院大）、山田稔（京大）、西川長夫（京大大学院）の八名（カッコ内は勤務校）。第二回から高橋たか子、福田紀一、第三回から大槻鉄男が加わる。そして一年半後の一六号の会員名簿には新たに天羽均、片山正樹、喜志哲雄（英文学）、佐々木康之、広田正敏、宮ケ谷徳三らの名前が見える。このうち片山正樹は関学大の「中先生」、大槻鉄男と佐々木康之は愛知大学、他は京大の大学院生であったと思う。

さて私の『ブライトン・ロック』はどのあたりにあるか。会報をはじめから見ていく。二号は杉本秀太郎のサン＝テグジュペリ『夜間飛行』（一九三二）、三号には早々と私がモーリアックの『テレーズ・デケルー』を報告しているのだった（当時はまだ「デスケルー」でなく「デケルー」と読まれていた）。

以下順を追って目を通していくが、肝腎の『ブライトン・ロック』は一向に現れない。すると一五号に、グレアム・グリーンの『愛の終り』（これも映画化され「情事の終り」の題で公開）が出てきた。報告者は山田稔となっている。しかしこれではない。最後まで目を通してみたが、結局『ブライトン・ロック』は現れないのだった。欠号の二七〜二九、四六号のどれかだろうか。

何か手がかりはないかとエッセイの欄に目を移した。すると二号に「ぬーぼうの日記——20世紀とわたし」という題で私が書いているのが目にとまった。これは「20世紀とわたし」の通しの題で会員が順番に執筆したシリーズの第一回目らしい。

「某月某日」として、朝八時前に目がさめ、寝床のなかでモーリアックの Thérèse Desqueyroux を昼ごろまで読みつづける、とあって、その後につぎのように書かれていた。

「朝食兼中食後、グレアム・グリーンの『ブライトン・ロック』をよむ。「おれは殺されようとしている」——グリーンの長篇中でこれが一ばんの傑作だと思う。一気によむ。(後略)」

午後おそく人文研に出勤。日が暮れて街に出る。

「いつのまにやら小雨まじりの強い風が吹きはじめている。レインコートの襟を立て、雨にぬれて街に出る(放射能、50メガトン…)。パチンコ、チンジャラ、チンジャラ、いくらでも玉が出ておもしろからず。からかっているのか?!「ミンミン」へ行き、モヤシをほうばり生ニンニクをかじりながら、パイカル酒をすする。ポパイのような元気はわいてこない。20世紀とワタァシィ…とくりかえしつぶやく。原稿書けそうにない。「ドナ・ノビス・パーチェム」と声に出していう。『ブライトン・ロック』の人物がよく口にする祈りのことば。酔いが少しまわったか。店を出てぶらつく。果物屋の店頭にはリンゴの山。その片隅にわずかなナシ。20世紀一箇30円。それを二つ買い、レインコートの両ポケットにおしこんで、なおしばらくぶらつく。」
『ブライトン・ロック』読後の感動いまだ醒めやらず、不良少年ピンキー気どりで街をさまよい歩くいささかイカレた若いころの自分の姿が珍しく、つい引用が長くなってしまった。私が「報告」と思いこんだのは、じつはこの文章と『愛の終り』の報告とを混同したからのようだ。

他のどの文章もすべてはじめて読むようでおもしろく、しばらくエッセイの欄に目を通していく。すると一八号（'63・4）に大槻鉄男が「ヌーヴォの会」と題して書いているのが目にとまった。

「ヌーヴォ」はフランス語の nouveau だが広辞苑によると「人の動作の不得要領でつかみどころのないさま」という意味もあるから、どうやらこれが「この会の味」になっているらしい、と前置きしてつぎのように話をすすめていく。

「この会には女性会員はいない、いや正確に言えば高橋たか子さんといふ立派な女性がゐる。だがこの方は、ひとも知る『悲の器』の作者高橋和巳さんの奥さんで、われわれ友誼に厚く操硬い男どもにとってはそれはなるほど女性に違ひないんだが、おんななんてものではない。彼女とてわれわれを男なんぞと思ってゐない。男は和巳さんだけなんだ。このあひだの会のときも、彼女は和巳さんの痔の話ばかりしてゐた。ぼくはべつにひがんでゐるんではないのだが。」

この口調はいかにも大槻的である。

ここでちょっと註を挟むと、女性会員がひとりだけというのには訳があって、われわれ新制大学第一期の仏文科には女性がひとりしかいず、次の学年でやっと五名にふえた。そのうちのひとりが高橋たか子（当時は岡本和子）だったのである。

その高橋たか子は第二回から顔を出すと早速三号に「二十世紀とわたし」を書き、内的時間をどう描くかが二十世紀小説の課題だと論じている。それ以後も熱心な会員となり、六号でジュリアン・グリーンの『閉ざされた庭』（一九二七）を報告。後の小説家高橋たか子の準備期間中だったのである。

沢田閏のいう「中先生」の代表格の生田耕作も、責任感からか第一回から最後まで勤勉に出席しているが、二三号で「ボツになった原稿」というエッセイを書いていた。最近「ある定期刊行物」から社会時評の連載をたのまれ、一度は断ったが「何を書いてもいい」というのでつい引受けてしまった。第二回目のとき総選挙の時期と重なったのでそれについて書いたが載らなかった。以下はそのボツになった文章で、題して「空くじ」。

商店街の歳末大売出しのくじ引きでは空くじが多いが、それでも何千本何万本に一本はハワイ旅行だの電気掃除機などが当る。一方、国営のくじ引きである総選挙は空くじばかり。インチキである。それでも当日投票場には長蛇の列ができるだろう。

「どうか皆さん、いいくじを引いて下さい。グッナイト」——これで生田の連載は打ち切り。

「軍隊ユートピアと闇市ユートピア」、この筆者は当時まだ大学院生の西川長夫。最近、酒場などでよく軍歌を聞く。彼らは軍隊生活の辛さを忘れ、いかにも懐かしそうに歌っている。戦中世代にとって軍隊時代はユートピアとして思い出されているようだ。一方、自分たち戦後派には敗戦直後の焼跡闇市、あの混乱期こそがユートピアである。これを忘れずにいたい、云々。後年彼は『日本の戦後小説』を著わし、副題に「焼跡の光」とつけるのを忘れないだろう。

さらに先に進んでいくと三六号に「ものおもい」というのが目にとまった。誰だ、こんな少女趣味の題をつけたのは。——佐々木康之である。当時彼は「日本小説を読む会」で知り合った大槻鉄男の気に入られ、愛知大学に職を得たばかりだった。その果報者の彼の「ものおもい」とは如何なるものかと本文に目を向けると、「ぼくは今年どうも死にそうな予感がしている」で始まっているのだった。

自分の悪い予感は三十歳の今日までたいてい当ってきた。しかしこのまま死ぬのはわりに合わない気がする。せめて「おれは死ぬぞ」と言って何か跡を残して死にたい。できればシベリアで凍死したい。ところで自分が死んで本当に困るのは母親だけだろうから、死後わずかな本と辞書を売って金に換え母親にとどけてくれるよう、西川にでも頼んでおこう。——以上が彼の「ものおもい」の中味なのだった。

だが現実は後を託された西川長夫の方が先に逝き、ご本人はその後も生き永らえて、二〇二四年の今も八十八歳で元気にしている。

今度はS執筆の編集後記、および会員消息欄をのぞいてみよう。

当時は会員の翻訳の仕事（中央公論社の「世界の文学」）が相次いで世に出ていた。島田尚一のヴィクトル・ユーゴー『氷島の奇蹟』、沢田閏のアンドレ・マルロー『征服者』、高橋たか子のフランソワ・モーリアック『テレーズ・デスケルー』、生田耕作・大槻鉄男共訳のL＝フェルディナン・セリーヌ『夜の果ての旅』、山田稔のギュスタヴ・フロベール『三つの物語』等々。またこれとは別に杉本秀太郎訳のアラン『文学論集』が白水社から出ていて、「口のわるいやつが、アランよりも、杉本の顔ばかりが行間に浮かぶ」と言ったそうなとか、翻訳の印税のおかげで誰某が「華燭の典」をあげることができた、といったゴシップがのっている。

これを書いたSこと沢田閏自身大いに張り切っていて、会報の宣伝につとめた結果、発行部数が五十から百にふえた。また彼は毎日新聞のコラム「視点」欄に執筆したり、西宮公民館でのフランス文学の連続講義を受け持つなど、多忙な日々を送って得意満面であったように見える。

会も順調に運営されていたはずである。ところが会報四四号（'66・4）には突然「お詫びかたがた」という一文が載り、会報発行の遅れ、前年十月例会の休会を謝っているのである。その理由として高橋たか子の鎌倉移住、田村俶、佐々木康之、片山正樹（そしてその後の山田稔、天羽均ら）中心メンバーの渡仏などを挙げている。会員ひとりひとりの会の外での活躍（？）によって、逆に会は急に弱体化したのである。

そこへ日本読書新聞から「ヌーボーの会」で新春放談会をやってほしいとの申し入れがあり引き受けた。引き受けはしたものの、その準備が大変だったろうことは容易に察せられる。四四号にはつぎのように報告されている。——十一月は休会とし、十二月の例会の代りに「新春放談会」をやった。会場は旅館しま（人文研分館のすぐ近く）。作品はジェイムズ・ボールドウィン『もう一つの国』、報告者は島田尚一。その採録記事が日本読書新聞の六六年一月一日号に載った、と。これにはおどろいた。まったく記憶にないことである。

そこでこの眼で確かめるため京都府立中央図書館に足を運んだ。あいにくその号は縮刷版しかなく、私は貸してもらった大きな拡大鏡でなんとか目を通すことができたのだった。

その新春特別号の五ページ目に「新春放談　二十世紀小説を読む　ヌーボーの会」という大見出し、中央にボールドウィンの顔写真。出席者は島田尚一（報告者）、生田耕作、高橋たか子、片山正樹、沢田閏、喜志哲雄、鳴岩宗三、西川長夫、竹内成明、天羽均、福田紀一の十一名。司会・記録は沢田閏。たしかに私の名前はない。私はまだ日本にいたはずだがなぜか出席していない。放談会の中身は新春であれ何であれ何時もの調子、あるいは普段よりもお行儀のよい、つまり萎縮したお喋りのようである。

いずれにせよこれほど大きく紹介されたのだから、その反響あるいは評判について何か会報に載っているだろうと探してみたが、ゴシップのひとつもみつからないのである。それどころかなんだか暗い。四七号の「告知板」には、四六号はまだ原稿がそろっていないので出ていないが欠番にはしないつもりだとか、会報発行のおくれのため会報の購読の申し込み者には相済まぬことになっている、などと書かれているのだった。

ここで私は想像した。日本読書新聞からの申し入れを引き受けはしたものの、残留組には荷が重すぎた。なによりもアイデアマンがいなかった。第一、取り上げる作品と報告者が決まらない。皆に逃げられた挙句、最後は沢田が、勤め先の同僚で一つ年下の人の好い島田に押しつけた。……

それまではいわば仲間内の気楽な集まりにすぎなかった会が、突然檜舞台に立たされ脚光を浴び、あたふたしている、そんな様が目にうかぶ。なぜいまさらボールドウィンなのか、との批判も出たかもしれない。また全国各地からとどく会報購読申し込みに対処しきれずにいる沢田・島田の困惑ぶり、ひょっとして内輪もめ……。私の想像はますます暗くなっていく。

青息吐息、それでもどうにか四九号までは漕ぎつけた。慢性化した原稿不足は、沢田が仙台での仏文学会にまつわる雑話風の「一九六四年秋の学会」の連載で埋め合わせた。会報四九号にはその（七）が載っている。あと一号で切りのいい五〇号、その最後の一号が出せない。それほど会は弱体化していたのか。一方、私の方は間近に迫った初めてのフランス行きに気を奪われてヌーボーの会どころではない。……

いや、もしかしたら会報五〇号は出ていたのかもしれない。そう思いたい。そこで私は一縷の望みをいだいて、もう何年も会ってはいないがまだ健在のはずの島田尚一（相棒の沢田閏の方はすでに亡い）に、むかしの住所宛で問い合わせの葉書を出してみた。しかし「あて先不明」でもどってきた。

つぎに島田と親しかった田村俶に、こんどは電話で島田の転居先を訊ねたが知らないと言い、だがまだ生きてはいるはずだと笑った。自分は当時フランスにいて事情を知らない。

やはり四九号でおしまいだったのか。

参考までに、最後の（?）例会（一九六六年五月三十日、作品はポール・ニザン『陰謀』）の出席者の氏名をつぎに挙げておく。

清水正和（報告者）、島田尚一、西川長夫、松本勤、沢田閏、天羽均、生田耕作、計

七名。このうち生存者は天羽均ひとりきりだが、彼も当時の事情を知らないという。

こうなれば残るは私だけということになるのだが。……

ブレイディみかこのブライトンがきっかけで『ブライトン・ロック』を思い出し、記憶違いのおかげでヌーボーの会の会報の発見にたどり着いたというか、何かの力でそこへ導かれたような気がいまはしている。

現在、欠号があるにせよその会報のバックナンバー一揃いを持っているのは、おそらく日本中で私だけではあるまいか。この「奇蹟」、好運を生かさぬわけにはいくまい。

むかし京都にヌーボーの会というのがあって、足かけ六年のあいだ月に一度文学好きの若い男女が集まり二十世紀の外国小説についてよく学びよく遊んだ。あるいはよく遊びすこし学んだ。その会はどのように始まりどのように終わったか。どのような「不得要領でつかみどころのない」人々が何を考え、何をしゃべったか。まだ私の胸のうちでは成仏しきれずに宙を漂っているように思える会の霊を文の力によって鎮める、それはかろうじて生き残った私のつとめではあるまいか。

そこでこの紙面を借りて、会および会報のこれ以上詳細な紹介は無理としても、せめてそこで取り上げられた作品名と報告者名だけでも列挙し、それでもって会と会員の墓標としたいと思う。

一号　アンドレ・マルロー『王道』（一九三〇）（田村俶）
二号　サン・テグジュペリ『夜間飛行』（一九三一）（杉本秀太郎）
三号　フランソワ・モーリアック『テレーズ・デケルー』（一九二七）（山田稔）
四号　シモーヌ・ド・ボーヴォワール『他人の血』（一九四五）（島田尚一）
五号　ルイ・アラゴン『オーレリアン』（一九四六）（沢田閏）
六号　ジュリアン・グリーン『閉ざされた庭』（一九二七）（高橋たか子）
七号　アンドレ・ジイド『法王庁の抜け穴』（一九一四）（生田耕作）
八号　「カフカ文学における空間」（土肥美夫）
九号　J＝P・サルトル『嘔吐』（一九三八）（島田尚一）
一〇号　アンリ・トロワイヤ『蜘蛛』（一九三八）（鳴岩宗三）
一一号　アラン・ロブ＝グリエ『消しゴム』（一九五三）（佐々木康之）
一二号　ジェームズ・ヒルトン『失われた地平線』（一九三三）（福田紀一）

一三号　アンリ・モンテルラン『若き娘たち』（一九三六）（鳴岩宗三）
一四号　トーマス・マン『トニオ・クレーゲル』（一九〇三）（杉本秀太郎）
一五号　グレアム・グリーン『愛の終り』（一九五一）（山田稔）
一六号　D・H・ローレンス『虹』（一九一五）（田村俶）
一七号　アンドレ・ブルトン『ナジャ』（一九二八）（沢田閏）
一八号　ウラジミル・ナボコフ『ロリータ』（一九五五）（天羽均）
一九号　アーネスト・ヘミングウェイ『陽はまた昇る』（一九二六）（佐々木康之）
二〇号　「江戸っ子ミラー」（ヘンリー・ミラー『南回帰線』、一九三九）（山田幸平）
なおこの日はレギュラーメンバーのほか見学として「VIKING」の前之園明良ほか、大学院生の伊奈美智子、近藤のぶ子が出席。総員十六名の盛会であった。山田稔は出席していない。
二一号　ルイ・アラゴン『スタンダールの光』（一九五四）と『聖週間』（西川長夫）
二二号　マルグリット・デュラ（ママ）『夏の夜の十時半』（一九六〇）（高橋たか子）
二三号　ミュリエル・スパーク『独身者』（一九六〇）（喜志哲雄）
二四号　リチャード・ライト『ブラック・ボーイ』（一九四五）（竹内成明）

二五号　ブレーズ・サンドラール『世界の果てまでつれてって』（一九五五）（片山正樹）
二六号　アルベール・カミュ『ペスト』（一九四七）（田村俶）
（二七〜二九号欠）
三〇号　アンドレ・ブルトン『通底器』（一九三二）（高橋たか子）
三一号　トマージ・ディ・ランペドゥーサ『山猫』（一九五六）（天羽均）
三二号　チャールズ・モーガン『泉』（一九三二）（島田尚一）
三三号　ジェイムズ・ボールドウィン『ジョヴァンニの部屋』（一九五六）（山田稔）
三四号　シャーウッド・アンダスン『夜の逢びき』（一九二五）（片山正樹）
当日の出席者はわずか四名。会が水曜から月曜に変わったため、勤務上出席が困難になった者がふえたためらしい。
三五号　R・M・リルケ『マルテの手記』（一九一〇）（沢田閏）
三六号　ノーマン・メイラー『裸者と死者』（一九四八）（西川長夫）
三七号　L＝F・セリーヌ『夜の果ての旅』（一九三二）（天羽均）
三八号　ハーバート・リード『グリーン・チャイルド』（一九三五）（田村俶）

「自らテキストを指定してくれた山田稔が痔の手術のため入院してしまい」、そのピンチヒッターとして選ばれた田村俶が大変な思いで報告をした旨しるされている（一九六五年二月二十四日）。ただし私自身、この小説のことは何も憶えていない。

三九号　『（A・マルロー）「征服者」の文体』（西川長夫）

四〇号　ヘンリー・ジェイムズ『ねじの回転』（一八九八）（高橋たか子）

四一号　E・M・フォスター『インドへの道』（一九二四）（島田尚一）

四二号　P・ド・マンディアルグ『オートバイ』（一九六三）（沢田閏）

四三号　テリー・サザーン＆メイスン・ホッフェンバーグ『キャンディ』（一九五八）（喜志哲雄）

四四号　ウィリアム・バロウズ『裸のランチ』（一九五九）（生田耕作）

遅れて八時半ごろ顔を出した田村俶をふくめ、出席者わずか五名。

四五号　ウィリアム・フォークナー『八月の光』（一九三二）（鳴岩宗三）

四六号　欠（次の四七号の「告知板」には、四六号は原稿の集まりわるくまだ出てないが欠番は出さぬつもり云々とあるが、結局は出なかったのかもしれない。）

四七号　ナタリー・サロート『トロピスム』（一九三九）（天羽均）。出席者十名。

「近来にない多人数の盛会」とある。
四八号　ウィリアム・ゴールディング『蠅の王』(一九五四)(島田尚一)
四九号　ポール・ニザン『陰謀』(一九三八)(清水正和)
四九号の発行日は一九六六年六月二十七日。よってこの日をヌーボーの会の命日としよう。合掌。

追記
本稿を書きおえた後、別の必要から自著の『特別な一日』のなかの「ある出会い」に目を通していて、「ヌーボーの会」のこと、そこで私が報告した『テレーズ・デスケルー』のことなどがすでに書かれていることに気がついた。
また私は島田尚一に訊ねて四九号が会報の終刊号であることを確認している。彼によると終刊の理由は「常連の欠席が目立ちはじめた」ためということになっているが、その「欠席」は主に何人かのフランス留学によるものであることが今回はっきりした。

同僚——生田耕作さんのこと

昨年（二〇二〇年）の秋、京都新聞文化部のK記者から電話がかかり、生田耕作さんのことを記事にしたいのでお話を聞かせてほしいと頼まれた。突然のことに驚き「生田さんのことはあまり知りませんので」と言いよどむと、「京大で同僚だった山田さんのお話をぜひ」と言われ引き受けざるをえなくなった。

生田耕作。久しぶりに耳にする名前だった。いやそうではない。つい一年ほど前、私自身、本誌（「海鳴り」32号）に書いた「ヌーボーの会のこと」のなかで、その会の会員であった生田耕作のことに触れていたのである。

だがいま、二十数年前にこの世を去り、もはや憶えているひともそう多くはないだろう京都の仏文学者について、K記者はどのような角度から取り上げようというのだろう。

同僚、そう言われれば確かにそうであった。今から四十数年前、私は生田耕作と同じ大学に身を置いていた。その間何があったたか。真っ先に思いうかぶのは『バイロス画集』をめぐる事件というか騒動だった。

久しぶりに本棚の奥から黒い表紙の『バイロス画集』を取り出してきた。二冊あった（一冊は第Ⅱ集）。真黒な光沢紙のカバー（Ⅱの方はチョコレート色）の上方にネズミ色でFRANZ VON BAYROS、その下に彼自身のデザインした裸女をあしらった蔵書票、さらにその下に白く「バイロス画集」、いちばん下に「奢灞都館」と小さく記されている。判型は25×26センチ、本文一三八ページ。画集としては大きくはないが、本文に分厚い光沢紙を用いているのでずしりと重い。

生田耕作の名前は巻末の目次のおわりに小さく編集・翻訳者として挙がっているのみで、表紙などには出ていない。

奥付によると発行所奢灞都館の所在地は神戸市東灘区、発行者は廣政かほる（ママ）。定価は記されていない。初版発行は一九七九年四月、第二版同年五月（第Ⅱ集の方は初版一九八〇年五月）。私のは第二版の方だった。

バイロス伯爵は十九世紀末にウィーンを中心に活躍した画家で、好色本や、異端作家たちの作品の挿絵と蔵書票を専門とした。

表紙を開くと「ソロモン王の死」と題するカラーの口絵写真が目に入る。それからは二人ないし三人の全裸の女性が同性愛的な性戯に耽るビアズレー風の絵がつぎつぎと現れる。性器がはっきりと描かれているが、わいせつ感はない。バイロスは言う。

「私は美以外の何物も探し求めたことはない。」

画集を閉じる前に、挟み込まれた奢灞都館の出版案内に目を通してみた。「低俗と量産の時代に敢えて問う誇り高き少数者の声」。それは生田耕作自身の声であり、その彼の編集した画集がわいせつ図書として警察に摘発され、それが因で生田耕作は大学を辞めざるをえなくなったのだった。

電話の数日後に私はK記者に会い、二時間ちかく問われるままに答えた。

だがじつは、私の生田耕作については何も語っていなかったのである。

生田耕作が京大教養部に講師として着任したころすでに文学部に進んでいた私は授業を受けるどころか、しばらくは生田さんの姿さえ見たことがなかった。それでも噂だけは耳に入っていた。当時評判だったフランス映画「恐怖の報酬」の原作の訳者が生田耕作だった。そのほかにも彼はジョルジュ・バタイユ、マンディアルグといったいわゆる異端派の作家のものをさかんに翻訳していた。ながらく新しいものを拒んできた京都の仏文学界へのこの若きシュールレアリストの登場は新鮮で、惹かれ慕う者も少なくなかったはずである。

その噂の人物と初めて顔を合わせたのは忘れもしない、私が京大人文研の助手に就任した直後の一九五四年一月五日だった。場所は当時生田の上司に当る生島遼一先生のお宅だった。先生としてはお気に入りの新人（生島訳のボーヴォワール『第二の性』の下訳者）と桑原武夫の愛弟子の多田道太郎の二人を引き合わせ仲良くさせよう、ついでに山田の就職も祝ってやろうとの心づもりであったように思う。

生島家の座敷で鳥の水炊きの鍋をまえに生田耕作は長身の体を少し屈めるようにして正座して畏まり、生島、多田両人のさかんな言葉のやりとりを黙って聞いていた。たまに先生から「生田君なんかどうですか」と意見を求められても「はあ……」とか「いやあ……」と言葉を濁してはにかんだ。

後で知ったことだが、生田と多田は同じ一九二四年の生まれで卒業した中学も同じ

（京都府立二中）である。しかし四年修了で三高に合格した多田にたいし、生田は一年おくれて大阪外語（仏語科）に進んだ。当時、高等学校と専門学校の格差は大きく、生田は多田にたいしコンプレックスをいだいていたのではあるまいか。後に京大仏文科ではほぼ同期で一時は親しくしていた。しかしその後新進気鋭の評論家として注目をあびるようになった多田道太郎に、生田はつよい対抗意識をいだいていたようだ。その後この両者が席を同じくすることはたぶんなかった。それだけに生島家での一夜のことは、私の記憶に鮮明に残っている。

その後何年か経って、私は「ヌーボーの会」で毎月のように生田耕作と顔を合わすようになった。ヌーボーの会のことは別のところで詳しく紹介したが、毎月一回、二十世紀の欧米の小説を読んできて議論する集まりで、会員は主に私と同年かいくつか年下の若手のフランス語教師または大学院生だった。毎回討論の記録を主としたタイプ印刷の八ページのポケットサイズの会報をごく少部数四十九号まで発行した。会は一九六一年十月から足かけ六年つづき一九六六年六月に閉会。責任者は同志社大学の沢田閏だった。

生田耕作はこの会にほぼ毎回精勤に顔を出し、後輩にたいし偉ぶったりすることなく楽しそうに議論に加わり、その後で一緒に酒を飲んだ。そして酔いがまわると、ますます愚衆化する日本社会を呪い、また京大教養部フランス語教室の授業熱心ばかりで息の詰まりそうな雰囲気をしきりに歎いた。

当時は翻訳ブームで、中央公論社からも「世界の文学」が出ていて、ヌーボーの会の会員の何人かもその仕事を受け持っていた。生田耕作もその一人で担当作品はセリーヌの『夜の果ての旅』だった。これは長大かつきわめて難解な小説で、生田ひとりの手に余った。全集なので締切りは延ばせない。そこで彼は私の親友でシュールレアリスムの研究者である大槻鉄男に協力をもとめた。彼はすこし前に三年間のフランス留学から帰国したところで新しい文学事情に通じていた。またヌーボーの会で生田とは親しく、共訳者として最適と思えた。たまたま当時の日仏学館の館長がセリーヌに詳しく、彼はフランス語を喋るのが苦手な生田に代わって難解な俗語について質問しに行くなど協力を惜しまなかった。

そのころある晩おそく、大槻が生田耕作を連れてわが家を訪れたことがある。何ごとかと驚き話を聞いた。生田さんの言うには、大槻の訳文には問題が多々あるので自分がほとんど訳し直した。それなのに彼は印税の半分を要求していると。一方大槻の方は、印税折半は最初の約束であるといって譲らない。大槻の人柄からみて、彼が問題にしているのは金額のことよりも約束違反の方であるのは明らかだった。

生田耕作は訳文に凝る方だが、大槻はむしろ直訳風を好む。その違いを知らずに大槻を選んだのなら、それは生田さんの方がわるいだろう。印税は折半という最初の約束は、訳文の出来如何にかかわらず守られるべきだ。――こう私見をのべた。これ以外の裁定はないように思った。生田さんがどこまで納得したか。みな疲れ果てて黙りこみ、二人が引揚げていったのは午前三時をすぎていた。

その後どうなったか知らない。とにかく『夜の果ての旅』は生田・大槻両名の共訳で出た。後に中公文庫に入るさい生田は全面改訳し、表題を『夜の果てへの旅』と改め訳者も彼ひとりの名前にした。

さて、このようなちょっとした事件があってから二、三年経った一九六五年四月、私は人文研から「息の詰まりそうな」教養部フランス語科に移り、生田耕作の同僚となるのである。しかも当初しばらくは同じ研究室を利用することになったのだった。

当時、フランス語研究室の中央室（そこには事務員がいて、各自の郵便受があり コーヒーなども自由に飲め、教員の溜まり場となっていた）は老朽化した三階建の校舎の二階にあり、生田さんの研究室は三階に位置していた。研究室というより天井の高い、がらんとして殺風景な、倉庫とよびたくなるような部屋だった。窓際に寄せて衝立てで仕切られた机が二つ、中央に古いソファと低いテーブルが一つ。生田さんの書架は片隅に教科書が二、三冊立てかけてあるだけで、後は空だった。

先住者に気兼ねする私にむかって生田さんは「どうぞ自由に使って下さいよ。ぼくは使いませんから」と言った。

その言葉どおり、書架だけでなく部屋そのものも使わなかった。授業のある日のその時間にしか姿を見せないのである。大学にやって来るとまず途中で、二階の中央室に寄り、郵便物の有無を確かめるだけで誰とも口を利かずに三階へ上って来て、机の上に荷物（風呂敷に包んだ本）を置くと急いで教室へ出て行く。出て行ったかと思うとまたもどって来て「教科書間違えましたわ」と言って私を笑わせることもあった。そして授業が終ると私にかるく挨拶して、まるで逃げ出すかのように足速やに帰って行くのだった。

それからしばらくして私は一年間フランスに留学し、生田さんのことを忘れた。帰国後まもなく〈大学紛争〉が生じ、教養部はバリケード封鎖された。それが機動隊によって解除され授業が再開されてからも、生田さんはめったに姿を現さなくなった。休講が多すぎると学生から教務掛に苦情がきていると、中央室で問題になったこともある。

やがて私の耳にもさまざまな噂が入ってきた。心酔する一部の学生に祀り上げられ教祖のようになっているらしい(ここから後の「生田伝説」が生まれるのだ)。また京都の自宅を出て神戸に居を移し、さる女性とサバト館(やかた)という出版社を設立し翻訳の仕事に没頭している云々。サバトはsabbat、中世伝説上の魔女祭のことである。その間、温厚なひとが急に喧嘩早くなり、ワイセツ問題で大島渚とはげしい論戦を交わすなど、まるで人が変ったように見えた。そのさまに危いものを感じながら私は遠くからながめていた。

それから数年後の一九七七年九月から二年間、私がパリの大学で日本語を教えた後帰国して久しぶりにフランス語中央室に顔を出してみると、どこか雰囲気がおかしい。

みなの表情が暗く、固い。生田さんの姿が見えないのは不思議ではないが、何か問題が生じているらしかった。

当時の日記を調べてみた。

「十二月二十二日。

生田耕作さんのバイロス画集が神奈川県警*により摘発されたそうで、ワイセツかどうか争う由、新聞に大きく報じられている。」

*東京の書店で画集を見て憤慨した人物が通報した先が、たまたま神奈川県警であった。

事件が生じたのは十月で、それまで何も知らずにいた私は戸惑った。当時はまだ『バイロス画集』がどのようなものか知らなかったのである。

「(翌年)二月十五日。

Sから、生田さんが二月末をもって辞職する旨を知らされておどろく」(Sのところは実名。当時彼がフランス語教室の主任だった)。

「二月十八日。

生田問題にかんする教室会議が開かれ(生田欠席)、Sからいきさつを聞く。」

彼はおよそ次のようなことを生田さんにむかって言ったらしい。万一起訴され有罪にでもなれば免職になる可能性がある。そうなれば退職金ももらえなくなるだろうから、その前に辞職した方がよくはないか。

報告後、重苦しい沈黙がつづいた。やがて誰かが言った。「やっぱりお金の問題がありますからね」。生田さんを引き止めよう、翻意をうながそうといった発言はなかった。このままではまずいと思いながらも私も黙っていた。二年間留守をしていて、これまでの経緯、教室内の事情に疎く、いわば部外者として発言がためらわれたのである。

Sは生田より四つか五つ年下のきわめて几帳面な、融通性に欠ける官僚的性格の持主だった。早口でしゃべる東京ことば（彼は東京育ちだった）はときには横柄に聞こえた。そのような生田のもっとも嫌うタイプの人物が、たまたま教室主任としてこの問題の処理に当ったのが不運といえば不運だった。

日ごろから大学の現状をなげき、辞めたいと洩らしていた生田耕作だが、このバイロス問題で辞職するつもりはまだなかったと思う。争う姿勢を示していたのだ。それが一転辞職を決意するに至ったのは、それを促すようなSの言葉（彼としては親切心から言ったのだろうが）のせいだったろう。

辞職と聞いて驚いた私は直接会って真意を質そうと生田さんを探したが連絡がとれず、しばらくは成行きを見守るしかなかった。

生田辞職の報せはたちまち学内にひろまった。

その晩、私のところにいくつも電話がかかってきた。いったい、フランス語教室ではどうなっているのかと。私は親しくしている先輩の土肥美夫さんに相談した。彼はドイツ表現主義の文学・芸術の研究を専門としバイロスにも詳しく、この件で一番心配しているひとりだった。相談の結果、生田耕作を守るための署名運動を教養部内で始めることにした。

「二月二十一日。

生田辞職を議題にする教授会が開かれる。土肥さんをはじめ何人かが辞職反対の発言をした。しかし本人の辞意がかたく結局承認される。」

そのことは翌日の京都新聞に大きく報ぜられた。

その後、私は土肥さんほか何人かと相談して、せめて送別会でも開くことを考えた。どうかなと危ぶみながら生田さんに電話すると、喜んで承知してくれた。

「二月二十七日。

六時より先斗町ますだ二階で生田さん送別会。出席者は生田のほか土肥美夫、野村修、小島衛、高木久雄、池田浩士（以上ドイツ語）、森毅（数学）、木下富雄（心理学）、米山俊直（社会学）、そして私。」

最初から重苦しい空気がただよっていた。酒は一滴も飲まぬ森毅がいちばんよく喋った。興奮でうわずった声で「バイロスがワイセツやなんてナンセンスやで」と言った。「なんでこんなんで辞めんならんのや」。

みな同感で、何人かの口から翻意を促す発言がつづいた。しかし今となってはもはやどうにも仕様がないのだった。自分はフランス語教室の連中によって辞めさせられたのだ、と激しい口調で生田さんが言った。無力であった私は黙って耐えていた。

その夜、私は午前二時半ごろ泥酔して帰宅。めずらしく吐いた。そんなことまで日記にしるしてある。

生田耕作は一九八〇年三月末日をもって京大を辞任した。そして名誉教授になった。

ここまで記憶をたどってきてひとまず筆をおいてから何日か経ち、私は机のうえに置かれたまま光沢のある表紙に早やうっすらと埃のたまりかかっている二冊の『バイロス画集』を書棚の元の場所にもどしに行った。すると、そこに何か落ちている。手に取ってみると封筒だった。

青味がかった上質の和紙で、表に「山田　稔さま」、裏に「生田耕作」とペン書きされ、いずれも住所は記されていない。画集に添えられていたものらしかった。

手紙は透し模様入りの薄紫の、これも上質の和紙の便箋二枚に青いインクの万年筆でしたためられ、つぎのように始まっていた。

「前略

ご無沙汰しております。あの節は種々ご厚情をたまわり深く感謝しております。」

そして以下のようにつづいていた。辞職後、身辺整理に忙しく「悠々自適」とはいかないが「フランス語教師のいやな顔」を見ずにすむだけ「精神衛生上たいへんなプラス」だ。貴兄に同情する。その後、検察からは何も言ってこないところを見ると諦めたのだろう。押収されていた画集も返されてきた。——私に送られてきたのはそのうちの一冊と、その年の五月に出たばかりの第二集だったのである。

この手紙には意外なことが書かれていた。生田さんはＮＨＫテレビの「尾崎翠特集」番組*を見たらしく、そこにゲストとして出演した私について「まことに堂々たる貫禄で頼もしく感じました」などと書いているのだった。思わず笑った。これも気持のゆとりが書かしめたことだろう。それよりも私は生田さんがかの〈あやかしの〉女流作家に関心をしめしてくれたことが嬉しかった。

＊この番組の放映日は一九八〇年六月二十三日であるから、この手紙が書かれたのはその数日後くらいと推定される。テレビの出演者は稲垣真美、黒井千次、山田稔。

それから当分の間、私は生田さんのことを知らずに過ごした。フランス語中央室では、もはやだれも噂をする者はいなかった。

その間、東京の出版社を介して著書や訳書が何冊か贈られはしたものの、神戸の奢灞都館での盛んな出版活動については当時私は何も知らないでいた。

そんなある日、私は新聞でつぎのような記事を目にした。京都府による鴨川改修計画に反対する京大名誉教授の生田耕作氏が、反対運動の一環として、自分の所有する古い鴨川風景を描いた絵などの展示会を開いている、云々。

あの生田さんが、と驚くと同時に懐かしさがこみ上げてきた。いや、それは懐かしさというより、以前に「バイロス事件」で派手な形で大学を辞めた先輩の現在の姿、変貌ぶりにたいする好奇心に近かっただろう。それに多少の激励の気持も加わって、私は早速会場に足を運んだ。

そこはたしか古道具屋などの並ぶ古門前通の川端寄りの、ひっそりした古い仕舞屋(しもたや)風の建物だった(後で祇園の前田清鑑堂と知った)。

誰ひとりいないがらんとした会場に、スーツ姿に正装した生田耕作がひとり椅子に坐って本を読んでいた。

人の気配に目を上げた。誰? といった表情が次の瞬間笑顔に変わり、彼は立ち上ると「よう来てくれはりましたね」といかにも懐かしげに私の顔を見た。それは憑きもののおちた顔、「バイロス事件」以前の、同僚以前の、「ヌーボーの会」のころの文学中年生田耕作の温和な顔だった。一瞬、時間が消えた。

私は挨拶をかわした後、早速、陳列されてある生田耕作所蔵の古い鴨川風景図や浮世絵などに目を通してもどって来た。すると生田さんが照れ笑いをうかべながら「こんなものこさえました」といって一枚の名刺を差し出した。見ると「京都大学名誉教授　生田耕作」とある。えっ、生田さんがこんな肩書の名刺を。落ち着きを失った私は、京都文化の現状を憂い歎く彼の話はなかば上の空で聞きながし、早々に辞意を告げて会場を出た。

「生田耕作先生の古稀を祝う会」からの案内状がとどいたのは、それからまた何年かたったある日のことだった。

差出人は「生田耕作先生古稀記念出版会　代表坂井輝久」。この坂井というひとは以前、京都新聞文化部の記者だったひとで、学生のころからの生田さんの信奉者のひとりだった。

案内状にはつぎのようにあった。

今年（一九九四年）の七月七日に七十歳の誕生日を迎える先生の古稀を祝い、ジョルジュ・バタイユ著『聖なる神—三部作』の完訳版を刊行する。賛同の方は予約を申込んでいただきたい。「祝意賛同金」は一口（一冊）一万五千円、百五十部の限定出版。刊行出版の協力は奢灞都館、刊行予定は八月下旬。

この案内状によって私はまた、生田さんが二年前に病気で入院したこと、現在は「日々、読書と訳業に耽悦され、汚濁末法の世に独り屹然として文人隠栖生活を送っておられる」ことを知った。

早速、送金の手続きをした。それは『聖なる神』のためではなく、また「汚濁末法の世に独り屹然として」隠栖生活を送る文人のためでもなく、かつてともに文学を語り酒を酌みかわした文学好きの先輩の病後を慰め励ますためであった。

ここで私は、本棚の片隅に『バイロス画集』同様、何年もの間忘れられていた『聖なる神』を取り出し埃を払った。

でかい本だった。サイズは25×19、厚さ三・五センチ、ずっしりと重い。ついでに重さも計ってみた。一キロあまりあった。白っぽい無地の堅牢な函に納められ、取り出すと函同様に固い、薄紅色の、中蓋のない帙状のものに護られていて、それを開くとやっと本体のご開帳という仕組みである。装幀はフランス装で、表紙は白地に横組みで黒く「ピエール・アンジェリック」、その下にそこだけ濃い海老茶色で「聖なる神　三部作」、その下に「生田耕作訳」と記されていた。本文二百六十二ページ。ピエール・アンジェリックはバタイユの筆名のひとつで、生前彼はこの名前で『聖なる神　三部作』を刊行したいとねがっていた。

さて表紙をめくると、扉の次の白紙に「鴨東酔史」と朱で落款が捺されていた。また淡緑の罫の二百字詰め原稿用紙にブルーのインクで書かれた訳稿が一枚が挟んであった。

原稿用紙は「双蓮居」の銘入りである。

目次は第一部「マダム・エドワルダ」、第二部「わが母」、第三部「シャルロット・ダンジェルヴィル」。訳者のあとがきなど一切ない。

奥付によると発行日は一九九四年七月七日（生田の誕生日）、発行所は奢灞都館。ただしその場所は神戸でなく京都の鷹峯に移っていた。限定一八六部で、私のには「54」と朱で入っている。

ほかに付録が二つ。一つは詳細な「生田耕作書誌」、もう一つは三島由紀夫「小説とは何か」からの抜粋で、「マダム・エドワルダ」と「わが母」について論じられていて、生田の訳文が、「出色の出来栄え」と賞讃されていた。

後日つぎのことを知った。本来は一冊ごとに訳者の署名が入るはずのところ病気のためかなわず、かわりに日ごろ用いていた蔵書印（鴨東酔史）を捺すことにした。また原稿用紙の「双蓮居」は、やがて二番目の妻となる奢灞都館のパートナー廣政かをると同居するようになった京都鷹峯の旧宅に生田がつけた名称だそうである。

この古稀記念の品を私が受取ったのは十一月の下旬だった。本の刊行は生田さんの死に間に合ったのか。

そもそも死亡したのは何時だったのか。

その年の新聞の切抜きを調べてみた。京都新聞の記事が見つかった。顔写真入りの三段にわたる大きな扱いで、「セリーヌなど仏文学名訳／生田耕作 京大名誉教授 死去」の見出し付である。

死亡日時は十月二十一日午前二時、自宅で。死因は「転移性骨腫瘍」（前立腺癌の直腸転移――引用者）。葬儀告別式は二十三日正午から左京区下鴨半木町の人乗寺で。喪主はかをるさん。その後に略歴と主な業績がつづき、最後に『バイロス画集』がわいせつとして警察に摘発されたさいには「芸術なぜ悪い」と反論。起訴猶予になったが、京大教授を退官したとあった。

葬儀会場の大乗寺なら知っているし、私のうちから歩いても行ける距離である。参列したはずだ。ところがその情景――会葬者の数、弔辞朗読、喪主かをるさんの姿等々何ひとつ思い浮かばないのである。不思議に思ってその日つまり十月二十三日の日記を調べてみた。すると、その年の三月末をもって定年退職して自由の身となった私は十月三日から二十四日までパリにいて、葬儀には間に合わなかったことがわかった。

いつだったか祇園の小さな画廊で会ったのが最後だったなあ、とそのときの生田さんの表情、懐かしげな、そして今となってはどこか寂しげな笑顔を思いうかべながら私は日記帳を閉じようとした。と、そのときふと日記帳の表紙の裏に葉書が一枚挟まっているのに気がついた。見ると生田さんからのものだった。官製はがきにブルーブラックのインクの万年筆で、しっかりした筆跡の小さな字で書かれてあった。差出人住所は京都市北区鷹峯の元の住所。消印の日付は6・7・8。生田さんの誕生日の翌日である。6は平成六（一九九四）年。

「前略　このたびはぶしつけなお願いに及び、恐縮のいたりです」ではじまり、以下のようにつづいていた。

自分は皮肉にも古稀目前に直腸手術のため入院、当分は出られない状態にある。「身から出た錆か、鴨東蕩児の成れの果て」、もう駄目になった。「意外と早かった老残の不意の訪れに暗澹たる思い」に打たれている。貴兄は「小生のわだちのあと」を踏まぬよう気をつけて長く活躍されんことを祈る。そして「最後になりましたが、このたびの御厚情心より御禮申し上げます。不一」とくりかえして終わっていた。

文面ははがきの表にまで及んでいた。そしてその最後に残された余白に、

禁酒令　祇園先斗の灯や恋し　　　　敗荷

としるしてあった。

付記

本稿を草するにあたり、とくに『聖なる神』にかんしては、同書刊行の発起人のひとりであるエディション・イレーヌの松本完治氏に教えられた。記して謝意を表する。

*

引用——坪内祐三

その日の午後、茨木市の中央図書館一階に併設されている富士正晴記念館の事務室兼応接室のドアを開けると、テーブルに一組の男女が坐っていた。これがあの坪内祐三か、と思った。服装も表情も普段のままといった感じの寛ぎようで、ずいぶん若く見えた。これから講演をおこなう有名な評論家というよりも、講演を聴きにやって来た若者といった印象をうけた。

女性の方は、顔見知りの朝日新聞学芸部記者の佐久間文子だった。

「いやどうも」と私は言った。二人はかるく会釈をした。それだけだった。

「いやどうも」は「こないだはどうも」だった。佐久間記者とは一年ほど前に、読書欄の「著者に会いたい」で『マビヨン通りの店』について取材をうけていた。また坪内祐三とは、一〇年ほど前から書評を通じてすでに馴染んでいるつもりだった。

そのころ彼は月刊誌『論座』に連載中の書評エッセイ「雑読系」で、私の『北園町九十三番地　天野忠さんのこと』を取り上げてくれていたのである。

ある日、郵便受けに『北園町九十三番地』を見つけた〈私〉(坪内)は、それを鞄に入れて家を出て、表参道の青山ブックセンター本店へ行き講演をおこなう。その後でその催しを企画したY青年と喋っていて、彼が最近まで六本木の支店にいたことを知る。そこで、その店には山田稔コーナーがあって彼の本が揃っているそうだねと〈私〉が言うと、「そのYさんの顔が、瞬時、輝いた。そしてYさんは言った。実はそのコーナーはぼくが作ったんです」。

ここでちょっと言葉を挟むと、このすこし後だったか、私はひとに教えられ「書評のメルマガ」なるもので「全著快読　山田稔を読む」という十五回連載のエッセイを読み、驚嘆した。じつはそれを書いた柳瀬徹そのひとが、右の「Y青年」だったのである。

閑話休題。『北園町九十三番地』の書評にもどる。

〈私〉(坪内)は山田稔が詩人の天野忠をはじめて知った昔のことから始め、天野家を訪ねようと思い立ったきっかけから、いかにしてその家の場所を探し当てるかまでを自分の見解を挟むことなく、直接、間接の引用を重ねて詳しく紹介していた。そしてやっと天野家にたどり着いた山田稔が、ひっそり静まりかえった家のなかの様子をうかがうところまで巧みに読者を連れて行き、そこで身をひいて後は読者に任せる。さあお入り、さあお読みなさいと。

書評はそこまでで終る。導入部だけで出来ているような、何とも不思議な印象をうけた。

さて冒頭にもどって、初対面のその日、正確にいえば二〇一一年十一月五日の午後二時から、坪内祐三は図書館二階のホール（定員八十名）で「富士正晴と織田正信のこと」と題して講演をおこなった。それについて後に彼は「織田正信のこと」（『昭和にサヨウナラ』所収）のなかで「かなりマニアックな講演をおこなってしまった」と書く。出席者およそ七十名のうち「話を楽しめた人間は二十人いたかどうか」と。なにしろ富士正晴、彼が愛読したヴァージニア・ウルフの『オーランド』とその翻訳者織田正信のほかに福田恆存、D・H・ローレンス、ローレンス・スターンまで出てくるのである。それでも予定の一時間半にうまくおさめた。

それから数年経った二〇一七年四月十五日の午後、リトル・マガジン「ぽかん」の六号刊行に合わせ、第一回「ぽかん」の集いのトークイベントが京都の恵文社書店一乗寺店内「COTTAGE」で開催された。私も誌名の名付け親として編集人の真治彩、書店員の能邨陽子、徳正寺の扉野良人らとともに席についた。定員五十名のホールは満席で、後ろに立つ人もいた。ふと視線をもどすと、すぐ前の最前列の席に坪内祐三が佐久間文子と並んで坐っているのだった。

トーク終了後、会場のすぐ近くの居酒屋の座敷で二次会が開かれた。私は長テーブルを挟んで坪内祐三と向かい合って坐ることができた。前回の茨木での懇親会では、席が離れていて喋る機会がなかったのである。

「いやどうも」から五年半の時が経っていた。その間、いやそれ以前からつぎつぎと送られてくる扶桑社発行の文芸誌「EN-TAXI」と数々の著書——『雑読系』をはじめ『考える人』、『酒中日記』、『東京タワーならこう言うぜ』、『昭和の子供だ君たちも』等々に目を通していくにつれ(また深夜、新宿でヤクザにからまれ瀕死の重傷を負わされたというゴシップなども耳に入って)、このひとがどういう人物なのかしだいに解らなくなっていたのだった。それでいま折角こうして向き合って坐ることができても、何から話してよいか私は途方に暮れた。

会が始まった。飲物は彼は酎ハイ、私は日本酒である。なんとなく調子が合わない。やがて宴酣になるにつれ場内騒然としてきて話が聞きとりにくくなった。それでも少しは言葉のやりとりがあったはずだが。

ひとつだけ憶えている。

二人とも立っていた。記念撮影のため移動中だったのだろう。私が言った。

「坪内さん、『ぽかん』に何か書きませんか」

すると一瞬、彼の顔に怯みのかげが走った。

ここにそのときの写真がある。二十名ほどの男女が前列は坐り後列は立つ、その後列の中央からやや右寄りに、長身の坪内の姿が見える。めずらしく細い黒縁の眼鏡をかけて。紺とネズミの横縞のセーターにジーンズ。肩をすぼめ気味にして両腕を組んでいる。なんだか寒そうに見える。実際に寒かったのか。

それから半年後に出た『右であれ左であれ、思想はネットでは伝わらない』の「あとがき」の最後に、「たぶんこれは私の最後の評論集になるでしょう」と書き記す坪内祐三。

　何があったのか。

　さらに二年ほど経って彼は急逝する。ネット社会にサヨナラをして。

　三十年ほども先に生まれた私をさっと追い抜いて。六十一年は短すぎはしないとでも言わんばかりに。

　坪内祐三が書いてくれた最後の書評は『こないだ』にかんする八百字ほどのもので、「週刊ポスト」（二〇一八年七月六日号）に載った。

　彼はとくに印象に残った作品として、夭折した人権派弁護士の多田謡子を回想した「ある祝電」を挙げていた。彼女の結婚式に山田稔がパリから打った祝電の文句のなかに「人生はいつもバラ色ではないけれど、それでもやはり美しく、おもしろい」とあった。後にその結婚が不幸に終ったことを知った山田稔はつぎのように書く。

　「いつもバラ色ではなかったけれど、楽しいこともたくさんあった、バラ色のこともあったのだと信じたい。二十九年の短い生涯であったればこそ、生の美しさもまたいちだんと鮮烈であった。そう思うことで自らを慰めるより仕方がない」。

　書評はこの引用で終っていた。

Mさんのこと

二〇一九年十月に「ぽかん」編集室から出た『門司の幼少時代』の最後に、私は「ぽかん」連載時にはなかった一文を新たに書き加え、三十年以上も前、すなわち一九八六年九月に、門司在住の森田定治なる未知の人物からとどいた薄ねずみ色の手紙（封緘葉書）を紹介した。その際、実名は出さずに「M氏」または「Mさん」とイニシャルを用いた。

Mさんは『特別な一日』を読んで私が門司の出身であることを知り手紙をくれたのだった。私より二つ年上で、共通の思い出も多く、また家が私の家の近くだったので、もしかしたら道で私と出会っていたかもしれないなどとも書かれていた。

Mさんはまた文学好きらしく、私の「詩人の魂」という小説も読んでいた。そしてそのなかに出てくる「ロンタン、ロンタン」ではじまるシャンソンを、以前、半年ほど京都の高校で教えていたころ、喫茶店でよく聴いたものだと懐かしんだ後、こう打ち明けていた。

「私は当時九州文学の同人で小説を書いていました。」

小説を書いていた？　一体、この森田定治とは如何なる人物か。奥さんはパリで絵の勉強をした画家だそうだが。

俄然興味のわいてきた私は、三十年以上もむかしにとどいた手紙の住所印にあった電話番号に思いきって電話をかけてみた。しかし何度かけても応答はなかった。

その文章の最後を私はつぎのように結んだ。

「このMなる人物も一枚の薄ねずみ色の紙のなかにしか存在しないのだった。」

『門司の幼少時代』が刊行されてまもなく、その紹介記事が毎日新聞の北九州版に載った。するとまたしばらく経ったある日、「ぽかん」編集室気付で大型封筒がとどけられた。差出人は北九州市門司区のH氏。

なかにはコピーされた資料のようなものが十数枚入っていて、ワープロで横書きの手紙が添えられていた。「謹啓／突然お手紙を差し上げる失礼をお許しください」に始まるその手紙は、つぎのように続いていた。

先日、新聞で紹介された『門司の幼少時代』を大変興味ぶかく読んだ。自分の父が先生（つまり私）と同じ昭和五年門司生まれの門司育ちで、ここに挙がっているような地名や話を自分もよく父や祖父母から聞かされていて大そう懐かしく思った。そのなかで、一番驚いたのは、Mさんのことだ。丸山町在住で、九州文学に小説を書いていて、夫人は洋画家とくれば、Mさんとは森田定治さんのことに間違いない。自分は面識はなかったが、森田さんと交流があった文学好きの友人から聞いている。それで自分の知りうるかぎりの森田定治にかんする資料を送る、と結んであった。

早速目を通してみると、新聞・雑誌などに発表された森田定治の文章のコピーだった。*なかに彼を追悼する文章があった。森田定治はすでに死亡していたのである。

私は胸の高まりをおぼえつつH氏に礼状をしたため、『山田稔自選集Ⅰ』にそえて送った。

＊森田に関する資料はその後、北九州文学館からも提供をうけた。

森田定治（もりたさだじ）は一九二八年に門司に生まれた。県立門司中学を出て広島高等師範学校（現在の広島大学）文科卒業。史学専攻。在学中に被曝。卒業後は社会科教諭として各地の高校の教壇に立った（担当は世界史）。最後の勤務校は県立門司北高校。

その間、「海峡派」、「たむたむ」、「未来樹」などの詩誌のほか、「文芸広場」（東京）、「門司文学」、「九州文学」などに詩や小説を発表。一九七〇年に第Ⅱ期「九州文学」同人となる。同誌は火野葦平、岩下俊作、劉寒吉らを中心に一九三八年に創刊された由緒ある同人誌である。一九八〇年、「甦った時間」で第十三回九州文学賞を受賞。

一九六一年に「文芸広場」に発表した「西の京にて」が「新潮」（十二月号）の「全国同人雑誌推薦小説特集」に選ばれる。また一九七二年には第二回九州沖縄文学賞受賞作の「オープン・セサミ」が「文學界」（三月号）に転載される。さらに同年、北九州市民文化賞受賞（後に妻の律子も絵画教育への貢献にたいし同賞を受賞）。

創作集としては『石の褥』（一九七二）、詩集『死神の休暇』（一九八二）など。なお『石の褥』の装幀は妻の森田律子の手になる。

顔写真で見ると丸顔に黒縁の眼鏡をかけ、がっしりした体躯のひとだったようである。文学仲間のひとりは、つぎつぎと小説を発表するエネルギッシュな彼にバルザックを感じた、と書いている。また教育の方にも熱心で、生徒たちから慕われていたという。酒もつよく、私の想像とはことなり酒豪といわれるほどで、同僚と酒場で飲んでいて相手が先に帰ると、自転車で追いかけて連れもどした。——こんなエピソードも残っている。どうやら私の想像していた人物とはかなり異なっているようだ。

さて小説家としてはどんな作品を書いているか。受賞作であり、しばしば代表作として挙げられている「オープン・セサミ」を読んでみた。おおよそつぎのような話である。

新任の高校の校長が人事のもつれから県の教育委員会と教員組合の争いにまき込まれ、両者の板挟みになって苦悩する。その経緯を、証人として法廷に立つ校長の回想の形で描く。表題の「オープン・セサミ」は組合員のピケによって閉ざされた校門にむかって校長が胸のうちでつぶやく〈オープン・セサミ（開けごま）〉から来ている。

ところでこの受賞作について、選考委員のひとりの安岡章太郎はかなりきびしいことを書いている。題材に新鮮味が乏しいと。そして概評として、九州沖縄地方の文学水準は中央にくらべ低いと付け加えるのである。

　参考までにこの号の「文學界」に載っている主な作品を紹介しておくと、創作では芥川賞受賞第一作、李恢成「水汲む幼児」、稲垣足穂「鉛の銃弾」、野呂邦暢「水晶」など。また「詩人が小説を書く時」というテーマで清岡卓行と富岡多恵子が対談をしている。これが面白い。

　広島で被曝した森田定治は原爆をテーマにした小説を七篇書いている。そのなかから、いろいろと批判はあるだろうが「原爆にまともにぶつかったもの」と彼自身がみとめる中篇「鎖された休暇」を紹介しよう。

　主人公の杉（作中の〈ぼく〉）はH大学史学科の学生。中二のとき被曝し両腕にケロイドが残り、いまも発病を恐れて生きている。原爆ドーム取り壊しの話が出たとき「人類の恥部を残さねばならぬ」と新聞に投書して注目され、同じ大学の学生で共産党員の活動家原田房子から、原水爆禁止世界大会の準備委員になるよう求められ、気がすすまないが彼女の魅力に負けて引き受けてしまう。もちろん彼は原爆には反対なのだが、原爆を見世物化する世界大会の開催を苦々しく思っているのだ。本心では当日、広島から逃げ出し、静かな京都で夏の休暇をすごしたい。しかし房子から、あなたは腕のケロイドを見せて原爆絶対反対を叫ぶ義務があると言われ、止むなくとどまる。そして大会前日、県庁前のデモに加わり右翼団体との乱闘にまき込まれ重傷を負い、結局大会には出席できなくなる。

森田定治は「作家」で通っているが、まず二十のころから詩を書きはじめ、小説に移ったのは三十になってからだった。元々は詩人だったのだ。詩にはその後も愛着があり、五十四歳になって詩集『死神の休暇』(一九八二)を出す。「ヒロシマ」を描いた十一篇の詩のほか二十数篇を収める。そのうち「ヒロシマ」詩篇はどれも長いので、それ以外の、比較的短い「詩を売る」の最初と最後の連のみを引用するにとどめる。

あわただしい冬の驟雨が
町角をかすめてすぎる
薄汚れたポスターの揺れる
地下鉄につながる黒い口に
いつものように君がいる
ガリ刷りの詩集を売るために

それは青春の挽歌なのか
幾粒かの雨滴が濡らす
（中略）
詩人を育てない貧しい国で
詩を売らねばならぬ男がいる

門司のH氏に自著を送ってしばらくして、それにたいする礼状と古い門司の市街図が送られてきた。

H氏は私の本を丁寧に読んでくれたようだった。「バッバッバッ」と題するものなど面白かったが、いちばん心に残ったのは「一枚の質札」だという。これは詩人の小野十三郎と菊岡久利の貧しかった若き日の友情のエピソードを紹介したものだが、そのなかで私はつぎのように書いていた。

「どうやら私はごく若いころから人生を思い出として、完了した過去の相の下に反芻することに喜びを感じる、そうした型の人間であったようだ」と。H氏はこのくだりを引用し、自分もまたこの「完了した過去の相の下に反芻する」のが好きで「この表現を知ったことにより、何か目の前が開けたように思います」と胸中を打ち明けていた。

森田定治のことを教えてくれたH氏は、このような人物だったのである。

「門司の新市街圖」は新とはあるが大正時代のものだった。拡げてみると50×40センチほどの大きさで、全体は薄い茶色、上部に黒く「下關要塞司令部御許可　門司新市街圖」と二行に分けて右から左に黒く横書きされていた（以下、漢字は新字に直す）。全体を見渡すと、碁盤目の町並みが小さな通りにいたるまで書き込まれている。濃い赤茶で示してあるのは役場や銀行など主要な建造物である。

私の目はまず市の南東のはずれに向かった。だがむかし私の住んでいた大久保越のあたりは市外も市外、地図にのってもいないのだった。大正時代にはそのあたりは未開発で、住宅もわずかだったのだろう。私は自分がそんな辺鄙な場所に生まれ育ったとは知らなかった。

私は拡大鏡を取り出し、念のためにもう一度自分の住んでいた場所を探した。しかしいくら拡大しても無いものは無い。それからやっと私は記憶に残る場所の探索にとりかかった。

終着駅の門司駅、そのすぐ近くの鉄道院関門連結船桟橋と桟橋道、その先の、海に向かって細く突き出たいくつもの商船会社桟橋。幼いころ私がテープで外国航路の船を見送ったのはここだ。ひょっとしたらこの同じ埠頭で、私は森田少年といっしょに日の丸の小旗を打ち振り軍歌を歌いながら、出征兵士を見送ったのかもしれない。

忠魂碑の建っていた老松公園はどこだろう。街の中心あたりを探すと、濃い赤茶色の大きな一郭（空地）があり「陸軍用地」と記してあった。ここだ、たぶんこの用地が昭和に入って公園化されたのだ。内本町、栄町の商店街。お子さまランチやアイスクリームの山城屋百貨店はまだない。私の腕の骨折を治してくれた井上医院は？　ずうっと見ていくと「世界館」とある。私が母に連れられて「民族の祭典」を見たのは、たしかここだ。映画館いや活動写真館、あるいは芝居小屋は他にも稲荷座、旭座、永真館、凱旋館……人口十二、三万の街としてはずいぶんある。さすがモダーン都市門司だ。街はずれに赤く丸印がしてある場所、何だろうと拡大鏡をのぞくと、「遊郭」だった。

お盆にお坊さんがお経を上げに家にきていた正蓮寺、よちよち歩きの私が鳩に豆をまいた甲宗八幡宮、西のはずれ、清滝には門司倶楽部、父が言っていた「クラブ」とはここか。……さらに町はずれに目を向けると「丸山」と記された一郭がみつかった。かなりの山の手で、森田定治の住んでいた丸山町一丁目は表示されていない。ここも当時は大久保越同様、未開発の地域だったらしい。森田の最後の勤務校、県立門司北高校はどのあたりだろう。彼が『特別な一日』や「詩人の魂」の載っている雑誌を買った本屋、行きつけの喫茶店、馴染みの酒場は？……

こうして私は時を忘れ、百年ほども前に作製された地図のうえに目をさまよわせつづけたのだった。

この街は一九四五年六月、B29の爆撃で中心部は壊滅した。街はずれの私の生家は、関門海峡を狙って外れた機雷によって破壊された。森田定治の家は難をまぬがれたらしい。当時すでに広島に進学していた森田は二カ月後の八月六日に被曝しながらも生きのびた。そして最後まで故郷の門司にとどまり、教職にありながら詩と小説を書きつづけたのである。

彼によれば北九州の文化は「通過する文化」である。ここで育った有能な若者もすぐに中央（東京）へ出て行きふたたび帰って来ない。こういう町には文学が生まれにくい、と。たしかに古くは火野葦平、松本清張、近くは佐木隆三ら北九州に生まれ育った何人もの作家が成功して故郷を離れ、東京へ去った。

その文学的に不毛とみなされる土地に森田定治は踏みとどまり腰を据えて、土地の教育と文化の発展のために力をつくし、一冊の詩集、一冊の作品集を遺して六十九年の生涯を終えた。そして前後して妻もまた逝き、誰もいなくなった。……

その誰もがいなくなって久しい詩人の部屋に電話のベルが鳴りひびく。幾度となく鳴りひびく。

パリで学んだ画家の妻のかたわらで、わずかばかりの酒に頬を赤らめながら「ロンタン、ロンタン……」と口ずさみつつ過ぎ去った日々を懐かしむひとMさん、そんな人物はやはりあの一枚の薄い封緘葉書のなか、感傷家の小さな胸のうちにしか存在しないのだった。

〈マリ・バシュキルツェフ〉を求めて

書斎の天井まである作りつけの本棚の薄暗い片隅に、洋書類が押し込まれた格好で並んでいる。約一メートル幅で二段、大した数ではない。若いころは、フランス文学関係の本（バルザックやゾラなど）は大学の研究室のものを利用していた。

いま棚に並んでいるのは私が翻訳したシャルル＝ルイ・フィリップ、ロジェ・グルニエ、アルフォンス・アレー関連のもののほか、ポケットブック版のカミュ、サルトル、デュラス、また私の好きな外国人作家パヴェーゼ、フラナリー・オコナー、マラマッド、クンデラ、アクセル・ムンテらの仏訳本である。英語の本も何冊か。ペンギンブック版のオーウェル、中学生のころ（戦争末期）古本屋で安く手に入れたギッシング、マンスフィールド、ヴァージニア・ウルフ、はじめて原文で読んだ（かじった）ジョイスの『若き芸術家の自画像』の研究社版（阿部知二の註釈付）など、どれもこれも懐かしいものばかりである。

さらに奥の方に目をやると、ピエール・ドリュ＝ラ＝ロッシェル関連の本が十冊ちかくも並んでいる。第一次大戦後のフランスの思想的混乱に悩んだあげく対独協力に向かい、戦後すぐピストル自殺したこの異端のシュールレアリスト、私がはじめてパリに滞在した一九六〇年代なかばに禁が解けてつぎつぎ書店の棚に並びはじめたドリュのねじくれた生き方に、私は関心をいだいていたのだった。——と、こう書きつらねると、私の読書歴というより精神史の一部をさらけ出すような気がするが。

だが最近は老いて視力だけでなく知的関心までも衰えてきて、もう長い間、この洋書の棚の前に立つことはなくなっていた。ところが何年か前、ふとしたことから私はこの棚のなかを一冊の本を求めて何日もかかって探すことになったのだった。結局見つからなかったが、その一冊とは、Journal de Marie Bashkirtseff（『マリ・バシュキルツェフの日記』）。

この本を私は三十年ほど前、パリの書店で買った。

先回りして『日記』の書き手についてざっと紹介しておく。

マリ・バシュキルツェフは一八五八年に小ロシア（ウクライナ）のポルトヴァの富裕な貴族の家に生まれた。八歳のとき両親が離婚し、彼女は母親らとともにフランスに移住、ニースで暮らした。幼いころ声楽家を志したがかなわず、パリで絵を学び、その早熟な才能によって注目され有名になった。しかし肺結核のため一八八四年に二十六歳の若さで死亡。その作品の大半は第二次大戦中、ナチス・ドイツの手によって焼かれ、ほとんど残っていないという。しかし死後出版された『日記』によって彼女は一躍有名になった。

なお彼女の名前は正式にはロシア風にマリヤ・コンスタンティノヴァ・バシュキルツェヴァとなるが、本人はフランス風に名乗っていたのでそれにしたがう。長いので、本稿では頻出する場合はマリ・Bと略記する。

私がマリ・バシュキルツェフの名前をはじめて知ったのはロジェ・グルニエの短篇小説「フラゴナールの婚約者」のなかでであった。

その内容の一部を紹介する。

外務省を定年退職した独身者のフィリップ・ゲラン、彼にはヴィヴィアーヌという義妹がいる。むかし別れた妻のずっと年下の妹で、一度結婚したが嫉妬に狂った夫にピストルで撃たれ、一命はとりとめたものの言語中枢を傷つけられ声が出なくなった。いまはパリ近郊にひとり住み、羊を飼って暮らしている。彼女には、今は忘れられているパリの古い史蹟を訪ねて回るという変わった趣味があって、その案内役をフィリップはつとめている。浅黒い肌の、ひどく痩せて目ばかり大きい、妖しい魅力をもつこの義妹と筆談で言葉をかわしながら史蹟めぐりをする、そのことに、フィリップはわずかな老後の生甲斐をおぼえているのだった。

史蹟のあるものはすでに取り壊され雑草に覆われ、またあるものの上には近代的ビルが建っていた。

ある日、二人はヴィヴィアーヌの希望でパッシーにあるマリ・バシュキルツェフの墓を訪れる。立派なサロン風の墓所で、なかには写真や絵、胸像などが飾られていた。フィリップは自問する。

「口のきけなくなったヴィヴィアーヌは、マリ・バシュキルツェフが最初はオペラ歌手になりたかったのに、結核性の喉頭炎のため声が出なくなったのだという事実を、はたして知っているのだろうか。知っているからこそ、この若いロシア女の墓を見たいと思ったのか。声を失った後、マリ・バシュキルツェフは画家として名を成そうとつとめた。そして死後、その日記によって有名になったのだ。」（「フラゴナールの婚約者」山田稔編訳『フランス短篇傑作選』、岩波文庫所収）

こうして私はマリ・バシュキルツェフの名を知ったのだった。それだけでなく、わざわざパッシーにある彼女の墓所を訪れ、なかをのぞいたりしているのである。いま思い返してみると、私はどうやら、どこかゴシック・ロマン風の味わいのあるこの小説のなかの声を失ったヴィヴィアーヌという架空の人物と、マリ・バシュキルツェフという実在の女性をどこかで混同してしまったらしいのである。言い換えるなら、かりに「フラゴナールの婚約者」以外のところでマリ・バシュキルツェフの名に出会ったら、私は彼女にもその『日記』にもとくに関心をいだかなかっただろう。マリ・バシュキルツェフは私の胸のうちでグルニエとかたく結びついていたのである。

さらに私はその後、グルニエの長篇小説『六月の長い一日』のなかでマリ・バシュキルツェフと再会する。この小説もざっと紹介すると以下のとおりである。

ナチス・ドイツからの解放後の希望と理想にみちた戦後の時代をともに生き、いまは初老を迎えた親友のルネ・ラングラードとローリス・ファリレエフ。いまはある新聞社の夜間勤務のリライターとなっているルネ（作者の分身）を、独身でひまなローリスがしばしば呼び出してはむかしの仲間のその後の噂をながながとして時をすごす。解放後の政界のホープと見なされていた自分たちの仲間が、どのように消えていったか等々。

ところでこのローリスという金持の女性には文学趣味と同時に病気趣味のようなものがあって、しょっちゅう自分は肺病で死ぬのではないかとこぼしている。『魔の山』の時代のように贅沢なサナトリウムで優雅な療養生活ができないことを残念がり、またマリ・バシュキルツェフやキャサリン・マンスフィールドのような若くして肺病で死んだ有名作家にあこがれている。

そしてマリ・Bの墓参りをし、『日記』も読んでいるらしい。マリ・Bの名はほかのページにも出てくる。

作者のグルニエはマリ・バシュキルツェフに何か特別の思いでもあるのか。

そこで二〇〇一年の春、一週間ほどのパリ滞在中、グルニエの家に招かれた機会に訊ねてみた。あなたの小説にはよくマリ・バシュキルツェフの名が出てくるが、どういうところに興味があるのかと。彼はそれには直接には答えず、つぎのようなエピソードを語ってくれた。——彼女は大金持でニースに住み、たいへんな美人だった。『六月の長い一日』に焼身自殺する画家ジェラルド・マクシマンという人物が出てくるがそのモデルとなったジュリアンという画家が少女時代の彼女のデッサンを残している云々。それから書斎に入り、マリ・バシュキルツェフ関連の本を二、三冊取り出してきて、いま手許にはないが彼女の『日記』がおもしろいのだと言って一読をすすめた。そばにいた夫人のニコルさんが早速インターネットで調べて、『日記』の抄録のほか『書簡集』も出ていると教えてくれた。

翌日、私は早速ホテルの近くのジベール書店に足を運び、探した。マリ・バシュキルツェフの『日記』(完全版)というのが直ぐ見つかった。私のメモによると九百ページもある大部なもので、値段も三百五十フラン(当時一フランは二十二円)。高い。それにこんな重い本を持って旅をするのはしんどいなとためらいつつも、一旦はレジに並んだのだが考え直し、棚にもどしに行った。するとすぐ隣りに、薄い『日記(抄)』があるではないか。こちらは百三十ページほどで値段も二十四フラン、グルニエ夫人が教えてくれたのはたぶんこの方だったのである。早速、私はこれを買った。

それから二、三日後に私はフランス南西部、スペインと国境を接する海岸の保養地コリウールに出かけた。パリはそこへ行く途中寄り道したのである。コリウールには年下の友人の宇佐美斉が先に来ていて、私たちは楽しい時をすごすのだが、その話は別にして、話をバシュキルツェフの『日記』にもどす。

私の旅のメモによると、その『日記』を私はコリウールの宿で読みはじめた。ところが「あまり面白くない。井伏の方が面白い」としるしているのである。井伏とあるのは、私は彼の『鶏肋集』の文庫本を旅行鞄に入れてきていたのだった。

そしてこれを最後に私のメモから、そして記憶からマリ・バシュキルツェフの『日記』は消え失せる。

あの本は一体どうなったのだろう。旅先の宿に置き忘れたか。念のため宇佐美君に訊ねてみたが、コリウール滞在中私がバシュキルツェフの名前を口にするのを聞いたおぼえはないという。

本を購入するまでのことはメモのおかげでこまかいことまでわかっているのに、肝腎の本のイメージ――サイズや表紙の色、手ざわりその他、具体的なことは何ひとつよみがえってこないのだ。まったく空をつかむようなのである。思いうかぶのは具体的な形をもつ一冊の本ではなく、ただの抽象的な観念だけとは。

じつはそんな頼りない空をつかむような気持で、私は書斎の洋書の棚を探しつづけたのだった。そしてやがてあきらめて、そのまま忘れてしまった。

ところがある日ふと、――いや、ふとではなく、グルニエを読み返していてマリ・バシュキルツェフのことを思い出し、こう考えたのだ。あれほど有名な『日記』なら、日本のような翻訳大国のことだからひょっとして翻訳が出ているかもしれないと。もっと早く気がつきそうなものだが、失われた原書（『日記（抄）』）のことに気を奪われ、そこまで考えるゆとりがなかったらしいのだ。

そこで私は早速、日ごろなにかと世話になっている恵文社書店一乗寺店のNさんに調べてもらった。するとつぎのようなことがわかった。確かに翻訳が出ている。京都の府立中央図書館にあるが、閲覧のみで貸し出しはできないらしい。ただ全国のいくつかの古書店に在庫がある。訳者は野上豊一郎。これは信用できそうだ。そこで私はNさんと相談のうえ、本の保存状態が良好そうで値段も手ごろなのを取り寄せてもらった。店は大阪の蝸牛書店。

以下は、この日本語版『マリ・バシュキルツェフの日記』をめぐる話である。

とどけられた『日記』は上、中、下の三巻から成っていた。各巻およそ三百ページ、三冊で九百ページの大冊である。表紙はそれぞれうすい青、赤、黄の地に黒の細い線でつるバラを描いたソフトカバー折り込み、いわゆるフランス装で、背には作者名と書名がフランス語で記されていた。中巻のとびらにはマリ・バシュキルツェフの代表作「つどい」（場末の街角につどう数人の子供たち）のモノクロの口絵写真がのっている。装幀者は島村三七雄。フランス風といえば、ページがアンカットという点もそうで、それがそのままになっているということは、古本とはいえ新品と同じ状態であることをものがたっていた。

奥付によると昭和二十三年六月初版、同二十五年三月第三版。定価は上二百円、中百八十円、下百六十円。版元は東京の学陽書房。

訳者は前にも書いたように野上豊一郎、作家野上彌生子の夫で英文学者、また能の研究などでも知られた人である。余談だが、私はこのひとの長男でイタリア文学者の野上素一さんに大学で初級ラテン語を習ってお情けで単位をもらった。

ここでまた話がちょっと逸れるが、最近、フランス国立図書館でバシュキルツェフの日記の自筆原本が発見され、既刊の日記が遺族によって検閲され短縮されていることがわかったそうである。生年も一八六〇年でなく一八五八年が正しい。そして縮冊版が十六巻に分けて出版され、抄録が一八七三年から七六年にかけ英訳されイギリスとアメリカで出たという。私がパリで買ったのはたぶん、検閲短縮されたこの抄録版だったらしい。

話を元にもどすと、野上豊一郎の付記によればこの訳本は大正十五年に国民文庫刊行会というところから非売品として会員に配られたものに、このたび原文を参考にして手を加え学陽書房から出したものだそうである。

さて、刊行後七十年あまり経ちインクの色の薄れた小さな活字の列を前にして、まず私の衰えた眼が拒否反応を示した。だからといって今さら読むのを止めるわけにはいかないだろう。私は若いころ愛用していた黒い水牛の角のペーパーナイフ（よくぞ残っていたものだ）を探し出してきた。そして一ページずつカットしながら読みすすむのはわずらわしいので、まずは全部をカットすることから始めた。紙が日焼けして脆くなっている本の縁からはカットの屑がおが屑のようにほろほろとこぼれ落ち、九百ページを終えるころにはそれが机のうえに小さな山をなしていた。こうした労働の後で、やっと私は読みはじめたのである。

あらためて言うと、これはニースに住む裕福なロシア貴族の娘マリ・バシュキルツェフの一八七三年から一八八四年までの日常を記録したものである。まず「序」を読んでみた（引用文中、旧漢字、旧仮名は新字体、新仮名に改めた）。

「欺いたり気どったりして何になろう。ほんとうに私は、どんなにしても此の世の中に生きていたいという、望みではないまでも、欲を持っていることは明らかである。若し早死をしなかったら、私は大芸術家として生きたい。しかし若し早死をしたら、この日記を発表してもらいたい。これはおもしろくない筈はない。（中略）それは人間記録（ドキュマン・ユマン）としておもしろからぬ筈がありません。ムッシュ・ゾラにでも、ムッシュ・ゴンクールにでも、またモオパッサンにでもお聞きなさい。（中略）まず私を有名な作家だと仮定してください。これから始めます。」

なんという自負、自信。私がむかしフランスの旅先で読んだ『日記（抄）』にもこの序文が付いていたのか。私が「面白くない」と旅のメモに書いたのは、どのあたりまで読んでからだったのか。

これだけで（こんども？）私はひるんだ。これはちがうぞ。自分が期待していたのはこんな、あらかじめ読まれることを計算に入れて書かれた有名人気どりの貴族の少女の日記ではなかった。私が想像していたのは幼くして病いで声を失い、オペラ歌手の道をあきらめて画家となった失意の少女の秘められた手記、もっと言えば、あのグルニエの小説の作中人物、声を失ったヴィヴィアーヌが書いたであろうような手記だったのである。

早くも私はくじけそうになった。その私の気持を見越したかのようにマリ・Bはこう書いているのだ。「これを全部読むほどの忍耐のない人なら、初めから読むことはできないだろう」と。

だからといって、折角手に入れたこの稀な、全ページのカットをすませた書物をここで投げ出すわけにはいかない。そこで私は眼の負担をなるべく減らすように、目的をマリ・バシュキルツェフが声を失う場面にしぼって『日記』のページを繰っていった。

彼女は幼いころから声がよく、人前で歌っては褒められていた。ところが、

「此の冬ぢゅう私は少しも歌をうたわなかった。私は絶望していた。私は声がなくなったのだろうと思っていた。(中略) 今ではそれが帰って来た、私の声が、私の宝が、私の幸運が!」(一八七四年六月二日)

しかしその前の数カ月の部分は削除されていて、「結核性の喉頭炎」にかかったこ

ろの事情は不明なのである。だがこれで私の誤解が明らかになった。グルニエの「声を失った」という表現から、私はマリ・バシュキルツェフが生涯完全に声が出なくなった、つまり、唖の状態におちいったと思いこんでいたのだった。

その後、しばらくは「声」についての記述は見あたらない。だが二年後の一八七六年七月十三日の項に「えらい声楽家になりたい」とあるから、まだ諦めてはいないことがわかる。

彼女はM伯爵夫人に連れられて「パリ一流の歌い手ムッシュ・ワルテル」の家を訪れ、彼の前で歌って将来性をたずねる。ワルテルは言う。「声は相当にあります。ですがまだうんと勉強しなけりゃなりませんね」。どれくらいかかるでしょうかとM伯爵夫人が訊ねると、「あの声を整えて、完全にするまでには、三年でしょう。そうだ、三年もみっちりやったらよいでしょう。まる三年も」と言われる。

これでやっと彼女は声楽家としての道を諦め、絵の勉強に打ちこむようになる。だが早くから体をむしばんできた結核菌は咽喉だけでなくやがて耳も冒し、しだいに聴力も衰えていく。それでも結核菌が全身を冒していくのを隠したまま彼女は絵をかきつづけ、二十六歳の若さで死ぬのである。

これだけのことがわかると、私は『日記』を読むのをやめた。繰り返すが私は元々十九世紀半ばに若くしてパリで有名になったロシア貴族の女性画家の作品および生き方に関心があったのではなく、マリ・バシュキルツェフという実在の人物と「フラゴナールの婚約者」のなかのヴィヴィアーヌという口の利けぬ美女とを混同し、その空想の産物の〈マリ・バシュキルツェフ〉を求めて、この三巻から成る訳本に苦労して目を通したのだった。

『日記』のこうした読み方は邪道も邪道、グルニエがらみでこれを読んだ者は世界で私をのぞき他に誰もいないだろう。そんなひとには読んでほしくなかった、とマリ・バシュキルツェフの声が聞こえてきそうだ。

以上がわが「失われた〈マリ・バシュキルツェフ〉を求めて」の顚末である。

だがこれにはまだ「つづき」がある。

じつは今まで伏せておいたが、Nさんはこの『日記』におまけを付けてくれていたのだった。それは宮本百合子の「マリア・バシュキルツェフの日記」と題する評論のコピーである。あのプロレタリア作家がマリ・Bの『日記』を読んでこんなものを書いていた。この評論の初出は「新女苑」の一九三七年（昭和十二）七月号だが、おそらく宮本百合子はそれよりずっと前、大正十五年に出た国民文庫刊行会版を訳者の野上豊一郎、あるいは妻の彌生子にすすめられて読んでいたのではなかろうか。

この評論によると、宮本百合子はヘルマン・コステルリッツというドイツ（オーストリア）の映画監督がマリ・Bの『日記』をもとにこしらえたオーストリア映画「恋人の日記」（一九三五）を見ておそらく義憤にかられてこれを書いたのだった。なんとマリ・バシュキルツェフは映画化までされ、日本でもひところ話題になっていたらしい。

これを書いたとき、プロレタリア作家宮本百合子の意識にあったのは裕福なロシア貴族の娘でなく、男性中心社会のなかで自己実現のためにたたかう健気な若い女性――おそらくは若き日の自分自身の姿であろう。

彼女はこの映画についてつぎのように書いている。

「驚くべき芸術的才能をもって僅か二十四歳で死んだロシアの貴族の娘マリアの、独特な色の焰のようであった性格の美しさ、面白さ、苦悩の真実さ、矛盾の率直さが、まるでつかまれていない。つまり人及び芸術家が魅力を感じるべき点がことごとくゆがめられて通俗なロマンスとなっているのである。」

すでにフェミニズムを自覚した宮本百合子の視点は、するどく問題の核心をついている。

私はやっと目覚めた。

ロジェ・グルニエに始まり宮本百合子で終る、これは何とも珍妙な旅であった。結局のところ私の〈マリ・バシュキルツェフ〉は見つかったのか。答えは「ウィ」であり「ノン」でもある。だがいずれにせよ、心のどこかにあの失われた一冊がひっかかっているかぎり、今後も私はあの薄暗い本棚の片隅に誘われることになるだろう。

一体、どこへ消え失せたのか、あの一冊の本は。

(二〇一三年十月)

付記

本稿執筆後に、またもNさんのおかげで九州大学大学院芸術工学研究院の米村典子によるつぎの論考に目を通すことができた。

「マリー・バシュキルツェフと日本」（「芸術工学研究」6、二〇〇六年十二月）
「マリー・バシュキルツェフと伝記映画」（同8、二〇〇七年十二月）
前者によると、マリ・バシュキルツェフの作品は黒田清輝がパリで実物を見ている。またその『日記』も早くから森鷗外や徳冨蘆花ら外国文学通の知識人の間で知られ、樋口一葉の『日記』とくらべられたりした。比較的最近では野上彌生子、宮本百合子らがフェミニスト、マリ・バシュキルツェフにつよい関心を示している。女性が画家となることの困難さを身をもって体験した彼女は、美術学校（エコール・デ・ボザール）（国立）の女性入学嘆願書運動、さらには婦人参政権獲得運動に参加するなど、フェミニストの先駆者でもあったのである。
つぎに映画「恋人の日記」について。
すでに『日記』の「序」で見たとおり、マリー・バシュキルツェフには著名人とくに文学者好みなところがあってゾラやゴンクールらに手紙を書いている。返事はなかった。ただ彼女が死の数カ月前にモーパッサン宛に匿名で出した手紙にたいし、興味をそそられた作家が返事を書き、手紙のやりとりがおこなわれた。ただし二人は会ったことはないらしい。マリの死後、残された数通の往復書簡を材料にして興味本位のラブストーリイに仕立てたのが映画「恋人の日記」で、これに宮本百合子が「通俗的ロマンス」といって批判したのである。

このほかにも、米村氏の論考からは多くのことを教えられた。また再三登場ねがったNさんこと能郁陽子さんの協力も忘れることはできない。ここに併せ記して謝意を表する。

ムシからヒトへ――日高敏隆をめぐるあれこれ

新聞の本の広告欄で日高敏隆の『ぼくの世界博物誌』（集英社文庫）というのを見つけ、早速知りあいの本屋に注文して取り寄せてもらった。

動物行動学者・日高敏隆の書くものが私は好きで、かの有名なローレンツの『ソロモンの指輪』の翻訳をはじめ、『ネコたちをめぐる世界』、日本エッセイスト・クラブ賞の『春の数えかた』など数冊持っている。

私が好きなのは彼が語ってくれる動植物をめぐる珍しい話だけではない。文章が好きなのである。主語と述語を明示し、文学的に飾ったりしない理科的な文章でもって彼は難しいことを明解に、楽しく語ってくれるのだ。

『ぼくの世界博物誌』には、「人間の文化・動物たちの文化」という副題がついている。目次を見ると「ぼくの諸国漫遊博覧記」、「交遊抄——ボードワン先生とぼく」、「ぼくの博物誌」、「人間の文化、動物たちの文化」の四部から成っていて、私には最初の二つ、とくに「交遊抄」が面白かった。

日本における動物行動学の第一人者日高敏隆は、世界各地の大学や研究所から招聘される機会が多い。それで、ついでに諸国漫遊となる。パリ、ベルリン、モスクワといった大都会だけでなく白夜のヘルシンキ、南太平洋のニューカレドニア北東に位置する約八十の島々から成る新独立国ヴァヌアツ、ランドクルーザーで二日間砂漠を走ってやっとたどり着いたモンゴルの小さな遊牧民の村ツェルゲル（こんな僻地にも研究所があるのだ）等々。おかげで私は、おそらくどんなツアー旅行でも訪れない珍しい辺境の地を漫遊できた。同行した喜久子夫人（愛称キキ）によるイラストもたのしい。

日高敏隆が東京農工大の生物学の助教授だった一九六二年のある日、通産省（当時）の機械研究所の人から、じつはフランスから招いた光学研究者の一行に動物学者が紛れこんでいて、さっぱりわからないので、そちらで世話をみてもらえないかと頼まれ、引き受ける。その動物学者とはルネ・ボードワンというパリ大学の教授だった。ここからすべてが始まる。

フランス好きの日高は学生時代に独学（?）でフランス語を学び、昆虫ホルモンについての学位論文をフランス語で書いたほどだった。もともと彼は語学の才に恵まれていて、ほかにもドイツ語、イタリア語が出来、ロシア語の翻訳までしているのである。

一週間ほど彼はボードワン教授の通訳をつとめる。講演会で、前もって講演の原稿を見せてほしいと頼むと、そんなものはない、だがあなたなら大丈夫と言われ、ぶっつけ本番で通訳をした。さいわい、うまくいった。

語学力だけの問題ではない。日高には抜群の理解力があったのだ。ボードワン先生はそれを見抜き、日高のそのずばぬけた才能と誠実な人柄に惚れこんだ。

別れた後、一通の礼状もとどかぬまま二年ほど経った一九六四年のある日、突然ボードワン教授から手紙がとどく。あなたをフランスに呼べるようになったと。やがて正式の招待がフランス大使館を通じておこなわれる。滞在費は日仏技術交流研究基金を利用すればよい。そのための試験を受けるように。フランス側から呼びたいと言っているのだから、落ちる心配はない。

その後とんとん拍子に話が進み、さまざまな必要書類とともにボードワン教授の推薦状が送られてきた。その文中に「彼はとても頭がいい」とあり、その箇所には赤でアンダーラインをして試験官の注意をひくように、と添え書きがしてあった。それで日高は仏文と邦文の二通の推薦状の「彼はとても頭がいい」のところに赤でアンダーラインをして送り返した。

こうして日高のフランス留学が実現する。当時は一ドル三百六十円で、行きの飛行機（エール・フランス）の料金は片道二十三万七千円したという。日高の月給は四万円弱。あわてて翻訳などのアルバイトをしたうえ借金もして、なんとか無事、羽田空港を発つことができ、途中アラスカのアンカレッジで給油して十七時間かかってパリに着いた（二年後に私もこの同じルートでパリに行くことになる）。そしてパリ・オルリ空港でボードワン先生の抱擁によって出迎えられ、フランス生活が始まる。

ボードワンは最初から日高を家族の一員として扱った。パリ郊外のイエールにある自宅の一室を日高にあたえ、食事も家族とともにした。フランス人にかぎらぬだろうが、容易には他人を信用しないがいったん信頼した以上は何人であれ、徹底的に信頼する。これは、後に私自身もパリの下宿で体験したことである。

ボードワン家は夫人、長男夫妻、次男、長女（二十くらい）の六人家族から成っていた。最初のうち自分の名がイダカとよばれ（後にトシに変わった）当惑していたのにもやがて慣れたが、言葉がさっぱりわからない。自分では多少できるつもりでいたのに。長女のジュヌヴィエーヴから「あなた、一月ぐらいはフランス語の勉強をしてきましたの？」と言われた。シュミーズと鉄（フェール）とで何とかしましょうかと問うている。何のことだ？　やっとわかった。ワイシャツ（シュミーズ）にアイロン（フェール＝鉄）をかけてあげましょうかと言っているのだった。アイロンも英語で「鉄」である。

こうして日常のフランス語にも慣れていった。もともと「とても頭のいい」人だから、上達も早い。ボードワン先生は日高を自分の愛弟子として（ときには実の息子のように）フランスの各地の研究所やシンポジウムに連れて行ってくれた。夏のヴァカンスは、フランス西部の島にある別荘でともに過ごし、遠くまで潮の引いた海岸で、珍しい海の昆虫の採集をして楽しんだ。

なんと恵まれた留学生活（九カ月）だろう。これも頭と人柄のよさのおかげである。

最後にひとつ、日高自身が「ぼくがフランス語でぶった一世一代の大芝居」とよぶ出来事を紹介しておこう。

ある朝早く、ボードワン先生の電話でしゃべる大声が聞こえ、そのうち「えっ、だめだった、なぜ?」というさけび声とともにドーンという音がした。「ムッシウ・イダカ!」という夫人の悲鳴に驚いて階段をかけ下りると、先生が倒れている。先生はパリ大学のある特別な教授職につきたいと思い、方々手を回していたがだめだったと知らされ、卒倒したのである。

ソファに横たわったまま、怨みつらみをわめきつづけていた先生は、やがてこう言った。「おれが研究してきたのはこの教授になるためだったのだ」と。

これを聞いて日高は言った。

「そうか。ぼくを呼んでくれたのも、そうだったのか。それならぼくは明日にでも日本に帰る!」

すると先生の表情が変わり、「そんなことはない。研究そのものが好きだったんだ」と謝った。そこで日高が「それなら日本に帰るのはやめ、明日からまた一緒に研究をつづけよう」と言うと、先生はうれしそうにうなずいた。——少々出来すぎた話のようでもあるが……。

虫好きの少年は現在は減っただろうが、むかしはざらにいた。私もその一人で、夏休みに捕虫網をもって野原を駆けまわったものである。そして捕えた蝶を展翅板で形をととのえ、紙箱に展示して夏休みの宿題として提出した。だがそれも戦争の激化とともに、捕虫網の白が敵機の標的にされるといって禁止されたものだが。

並みの昆虫少年は中学に進み勉強、とくに受験勉強（旧制高校の）が忙しくなってくるとムシどころではなくなる。しかし少数の、ごく少数の非転向組がいた。彼らこそ真に「ムシキチ」の名に価する存在で、日高少年はそのひとりだった。

日高はエッセイのあちこちで、そのムシキチであった自分の姿を描いている。そのなかに、ずばぬけて面白い話があったのを憶えているが、内容は思い出せない。どの本のなかだったか、と彼の著作をながめていて、ふとある一冊のページに付箋がしてあるのが目についた。『人間についての寓話』。これかなと、その百三十ページを開いてみると「シデムシからチョウへ」。これだった。

シデムシ。日高は小さいころから「シデムシという妙な虫」に興味をいだいていたという。それは父親から、腐肉によるプトマイン中毒の話を聞いたからだった（ここに父親という共犯者がひそんでいる）。では腐った肉を食べるシデムシはなぜ死なないのか（このなぜからすべてが始まるのだ）。それはシデムシの胃のなかにプトマインの毒を消してしまう「しかけ」があるからではないか。それを研究すれば、この中毒を防ぐ方法が見つかるかもしれない。

そう考えた日高少年はシデムシ集めにとりかかる。道端などでイヌやネコの死体を見つけると、引っくり返してシデムシを探す。地中にもぐりこんでいるのが顔を出すまでじっと待っている。ある日の夕方、こうしてイヌの死体の前にうずくまっているところを警察にとがめられ交番に連行された。何をしていたのかと問われ、シデムシについて一席ぶっていると精神異常児（まさにムシキチだ）と間違えられ、何時間も取り調べられた。家に帰ってもさんざん叱られた。叱りながらも親は腹のうちでは、こいつは見どころがあると考えていたのではないか。

ところでシデムシにもいろいろな種類があって、缶詰の肉の残りに寄ってくるのもいる。これは大人になってからのことだが、その缶詰の空缶を探してごみ捨て場の山をつつきまわしていると、遠くから誰かが呼んでいる。「何だあ」と応じると、「弁当ならやるぞ！」とどなり返してきた。

これはシデムシとは関係のない話だが、大学生のころ白馬山の尾根で悪天候のため進めなくなり、坐りこんでいた。やがて一瞬、雲が切れると、むこう側の崖の高山植物の間から一羽のチョウが飛び立って、すぐに草の間に姿を消すのが目にとまった。日高は何時間も尾根にうずくまって、次に霧がはれ、陽がさすのを待った。陽がさしはじめると、とたんに草のなかからチョウが舞い立ち、花の蜜を「グイグイと」吸い、また霧がおそってくると草のなかに隠れた。それが三十分おきくらいに繰り返された。彼は感動する。〈お花畑に舞う可憐な高山チョウ〉などは、もはや一片の幻想にすぎない。チョウたちは一瞬の日光も逃がさず、力ずくで花から蜜をうばいとる！——ふと後ろから肩をたたかれた。「おい、大丈夫か。何、悩んでいるんだ」。自殺未遂者と間違えられたのである。

こうした逸話を紹介した後、日高はつぎのように書く。

「（……）科学というものは論理的で、数量的で、冷厳で……。たしかにそうである。だがそれは科学の一面を示しているにすぎない。今日における科学の魔術性を打破するには、この一面が科学の本質的な面ではないとまで極言する必要もあろう。私は科学が芸術と共通の要素をもたないなら、人間の仕事に値しないと考えている。また自殺未遂と思われるかもしれない。」（初出「群像」一九六九年四月号）

このように考え、そして最後に一言、ユーモアを忘れぬ日高敏隆という人が、私は好きなのだった。

その本（『人間についての寓話』）のページを閉じようとして、ふと黒い見返しの裏の白いページに目をやると、そこに大きく「山田稔様／日高敏隆」と二行に分けて、ライトブルーの万年筆の筆跡で署名がしてあるのに気がついた。この本は作者から寄贈されたものだったのだ。すっかり忘れていて申し訳なく思いながら、黒い見返しに挟まっている版元の思索社の広告の栞（日高敏隆『エソロジーとはどういう学問か』）を取り上げようとして、その下に折りたたまれた紙片があるのに気づいた。ひろげてみると、日高さん（以下「さん」づけにする）からの手紙だった。

「京都大学理学部動物学教室」のネームと緑の罫の入った横書の用箋に、つぎのようにしたためられていた。

「一九八五年十月十八日

山田稔様
先日はとてもたのしい一夕をすごさせていただき、感謝しております。」
に始まり、以下、そのさい私から贈られた本についての感想、とくにスカイ島(Isle of Skyeと正確に英語で)のくだりなど、とくに引き込まれてしまった、と書かれていた。そして自分の昔の雑文集、本を手元に切らしていておそくなったが、読んでいただければ幸いだと結ばれていた。

「先日はとてもたのしい一夕をすごさせていただき」、……なんと私は日高さんに会っていたのだ(懐かしいような気分がずっとしていたのはそのせいか)。そしてそのさい、あるいはその後で私が『旅のなかの旅』を進呈したのだ(それはスカイ島云々の箇所からわかった)。

いつ、どこで?

私は日記の一九八五年の分を取り出し、十月のページに目を走らせた。そして日高さんに会ったのが、十月六日であることをつきとめた。

だがこの話に入る前に、脇道に逸れなくてはならない。

一九七〇年代のはじめごろ、尾崎翠という作家が新聞の文化欄などで話題になったことがある。一九三三年（昭和八）に『第七官界彷徨』という特異な小説を発表して注目されながらもその後精神を病み、故郷の鳥取の片田舎に閉じこもり忘れられたまま世を去ったひとである。その不運な作家が評論家の稲垣真美によって発掘、再評価され、全集までも出て一躍脚光を浴びるようになった。「第七官界彷徨」には、蘚の発情（開花）条件を調べるため、いろいろな温度に温めたこやしをかけて実験をする場面がある。屋内にただようこやしのにおい。そのなかでの淡い恋……一読感歎した私はたちまち尾崎翠のファンになった。

同じころ、尾崎翠にとりつかれた人のうちに作家の加藤幸子がいた。いまは憶えている人は多くはないだろうが、加藤幸子は一九八二年に『夢の壁』で芥川賞を受賞した作家である。戦後『なよたけ』で有名になった劇作家加藤道夫の姪にあたるひとで、一九三六年札幌生まれ、幼少期を北京ですごした。北大農学部出身の動物学者でもある。北京時代の思い出を描いた『北京海棠の街』を私は新聞で書評したことがある。

私は「蘚の恋」の作者をなるべくそっと隠しておきたいとねがっていた。そのくせ後日（一九八〇年六月）、その後親しくなった稲垣真美からぜひひと頼まれて断りきれず、作家の黒井千次を加え三人でＮＨＫテレビに出演して尾崎翠の魅力について語るといった自説を裏切るようなことをしていたのではあるが。

一方の加藤幸子ははるかに積極的に尾崎翠礼讃の文章を方々に書き、それをまとめて『尾崎翠の感覚世界』（一九九〇年、創樹社）という本まで出した。これは作者みずからが認めるように「手放しの讃歌」で調子に乗りすぎたところがあり「もっとコケのようにひっそりと書くべきだ」という尾崎愛読者のつぶやきが聞えてくるといった文章だった。そして前記テレビの放映やこの「讃歌」の影響で、やがて若い女性の間に尾崎翠ファンクラブのようなものができ、『第七官界彷徨』を芝居にして演じたり映画化したり、さらには翠の生地詣でのようなものまでおこなわれるようになるのである。

ここで元にもどる。

一九八五年の秋、京都（おそらく京大）で動物学の学会かシンポジウムがあり、加藤幸子もそれに出席するために京都にやって来る。ではその機会に尾崎翠愛読者同士、会っておしゃべりしよう。――当時手紙をやりとりしていた二人の間でそのような相談ができていたのではあるまいか。手紙が見つからないので、あくまでも想像にすぎないが。

以下、私の日記を手がかりに話をすすめる。

当日の夕方、指定された京都駅近くのグランド・ホテルに早目に着き、一階ラウンジの椅子にかけて玄関口あたりを見張っていると、近くのエレベーターの扉が開いて女のひとが足を速めて近づいて来た。

ヤマダさん？　カトウです。初めまして。

「すらりとした体つきの美しいひとだった。白のパンタロンに、肩からななめにグレイの縞の入った黒いセーター。歯が美しい。すきとおるような白さ。気さくな、よく喋るひと。」

一九三六年生まれの加藤幸子は当時、私より六つ年下の四十九歳、しかし年上のような落ち着きぶりで、いくつになっても人見知りをする私を安心させてくれたのだった。

彼女に案内されてホテルの地下の中華料理店の予約席へ。三人分セットされている。「あとで日高先生も来られます」。えっと驚いたが、それ以上何も言わない。加藤さんと日高さんは動物学の研究者として親交があったのか、あるいは師弟の関係だったのか。

——と書いて、でも何故この席には日高さんが、という意外感が残る。たぶん記憶の環がひとつ、あるいは二つ三つ、脱け落ちているにちがいない。

「先に始めていましょう」、そう言って、うれしいことに加藤さんは生ビールを注文してくれた。まさに「うれしいことに」だ。彼女は酒が好きで、そして強そうだった。

そこへ日高敏隆先生登場、となるのだが。……

これは同じ京都大学に勤める私たち二人を、この機会に加藤さんが引き合わせてくれたということだろうか。それとも私の方から頼んだのか。

なお不審に思いつつ日記に目を通していくと、こう書いてある。

「尾崎翠の話になる。日高氏も読んでいておもしろいと云う。」

尾崎翠、そうだ尾崎翠だ。これで謎が少しは解ける。

ひところ評判になった『第七官界彷徨』を日高さんも読んで(あるいは加藤さんに勧められて読んで)おもしろいと言ったのだ。そこで日高さんもこの席に加えることを加藤さんが思いついた。……

だがこの席で三人が何をどのように喋ったかは日記には記されていないのである。しかし私が加藤さんの尾崎論、あるいは尾崎のファンをふやそうとする動き等々を批判したことは容易に想像できる。尾崎翠は蘚である。光を当てるべきではない。……ひょっとしたら酒のいきおいで少し言いすぎたかもしれない。いや、きっとそうなのだ。

さてその後は？

「食後一階のバー（トレド）でウィスキー（Black & White)。ここが九時半までとわかり、十四階のバーに移り、さらにウィスキーをオンザロックで飲む（四杯)。このバーは回転式である。」

延々と喋っているのに、肝腎の話の内容については一言も記されていない。まさか尾崎翠の話を蒸し返していたのではあるまいが。バーの名前、飲んだウィスキーの銘柄や量などは記されているのに。……われながら呆れる。

「十一時半まで喋り、御馳走になって、日高氏とタクシーで帰る。彼は二軒茶屋。」二軒茶屋は市の北のはずれ、おなじ洛北に住む私を途中で降ろしてからでもまだかなり距離がある。タクシー代、ずいぶん高くついただろう。

あれもこれも、いまでは遠い昔のこと。日高さんすでに亡く、ひところは親しくしていた加藤さんとも何時の間にか疎遠になってしまった。何があったのだろう。何年か後「新潮」に私の『再会・女ともだち』について「雑木林の影たち」と題するとてもいい書評を書いてくれたものだが。……

はたしてあのひとは今から四十年ほども前、京都で日高さんと三人で過ごした一夜のこと、どんなことを喋ったのかなどを憶えているだろうか。このところ新聞や雑誌で名前を見かけないが、どうしているのだろう。一九三六年生まれだからいまも健在なら八十七歳、私などから見るとまだ若い。とはいえもうかなりの歳である。訊ねるなら今のうちだ。……すると急に懐かしさと同時に、あの夜の無礼を今からでもひとこと謝っておきたい気持がこみ上げてきた。最新の『文藝年鑑』で東京の現住所を調べご存命を確かめると、私は急かされたようにその日のうちに筆を執り、私がひそかに「札幌美人」とよんでいる、あの四十年前の黒のセーターに白のパンタロン姿を胸中に思い描きながら祈るような気持でつぎのようにしたため、すぐに投函した。

憶えていらっしゃいますか。私のことを。

むかし京都で日高さんと三人でお酒を飲みながら過ごした夜のことを。

熱くなって論じた尾崎翠のことを。

憶えておられたら教えて下さい。……

一月経った。

二月経った。

返事は来なかった。


さて日高敏隆の方はどうなったか。

その後一度、大学の全学図書委員会議で会ったことがある。これは全学の学部・研究所の図書委員が年に二度一堂に会し、それぞれの図書館の状況を報告する集まりで、日高さんは理学部の、私は教養部の代表として参加したのである。このときは人数も多くまた席が遠く離れていたため、目礼を交わすだけで終った。

また何時だったか『春の数えかた』の「波」連載中、感想をファンレターの形で書き送ったことがある。私にとって日高敏隆は動物学者よりも文の人なのだった。その後、著書のやりとりはあった。しかし会った記憶はない。

亡くなったのは何時ごろだろう。あらためて『ぼくの世界博物誌』を手にとり、表紙カバーの折り込みにある顔写真付きの著者略歴でたしかめた。一九三〇年東京生まれ。京大教授を定年退職後、滋賀県立大学の初代学長をつとめている。二〇〇九年没、享年七十九。一九三〇年生まれなら私と同い年だ。二つか三つ年上とばかり思いこんでいたのだった。

死後すでに三十五年ちかくも経っている。有名人だから死は新聞で大きく報ぜられたはずだ。新聞の二〇〇九年分のスクラップブックを取り出し調べてみた。地元だけあって京都新聞の扱いが大きい。その切り抜きがいくつか見つかった。死亡日時は十一月十四日午前九時四十六分、死因は肺癌。葬儀は近親者ですませた。

いくつかの写真のうち、四月二十日に新聞社の取材に応じる日高さんの写真の顔の表情は、元気そうに見える。そのころはまだ癌は発見されていなかったのか。これは私の想像にすぎないが、発見されたときはもう手遅れで、そうと知った日高さんは延命的な治療はことわり、成り行きに任せていたのではないか。

紙面に「評伝」を執筆している編集委員の尾古俊博氏によれば、死の十日ほど前、入院先の病院でウィスキーが飲みたいといって、医師の許可をえて薄いハイボールを一杯飲むと「原稿を書きたい」と言ってペンを執ったそうである。きっとそのとき書いたのが、京都新聞の「天眼」欄（十一月二十四日付朝刊）に絶筆として掲載された「生まれてこの方」と題されたエッセイであろう。紙上に再録されたその最後の文章にはつぎのようなことがしたためられていた。

両親の家は父は酒造業、母は大きな酒問屋で、ともに酒が強かった。それで自分も酒好きになり、これまでずっとウイスキーのソーダ割りを飲みつづけている（親の日本酒でなくウイスキーというのが日高さんらしい）。酒同様タバコも若いうちから吸った。たくさん吸った。体によくないことはわかっている。だからといって止めない。飲みたければ飲み吸いたければ吸う。最近は健康に配慮して酒を、タバコを止める人がふえたが、なぜそんな二者択一によって窮屈な生き方をするのだろう。

「結局ぼくは、いいかげんなのではないだろうか。（中略）あれもよかろう、これもよかろう。どこかさめた他者の目で見ている。（中略）その姿勢も、やはり生まれてこの方、ぼくは、ずっとそうなのかもしれない。」

天晴れ、最後に好きなハイボールを飲み終えてつづった絶筆を、日高敏隆はこのように結んで、七十九年の生を全うしたのだった。

（二〇二三年十二月）

本稿を書きおえてから数日たち年が改まった二〇二四年、つまり今年の四月五日の朝の新聞で、加藤幸子の訃報に接した。

思わず息を呑んだ。

手紙は読んでもらえたのか。

「加藤幸子さん（かとう・ゆきこ＝作家）。三月三十日、心不全のため死去、八十七歳。（中略）北海道出身、八三年に「夢の壁」で芥川賞。ほかに「尾崎翠の感覚世界」、「長江」などの作品がある。野鳥愛好家としても知られ、東京港野鳥公園設立にも尽力した。」（朝日新聞）

添えられた写真では、白い短髪に眼鏡の顔がおだやかに微笑んでいた。

もういいか――小沢さんとわたし

その肺でこの白髪まで露の世を　信男

出会い

長谷川四郎全集（全十六巻、晶文社）の第十二巻月報（一九七七年十一月）の「遅れ過ぎに福あり」のなかで私は、長谷川四郎の「遅れてきた読者」を自認する小沢信男の言葉をふまえて、つぎのように書いた。自分は長谷川の「遅れて来た」どころか「遅れ過ぎた」読者であると。ところでその小沢信男についてもまた、私は「遅れすぎた」読者だったのである。

小沢信男のものはそれまでにも、たとえば作品集『若きマチュウの悩み』（一九七三年、創樹社）などを読んでいた。しかし作家小沢信男との真の出会いはそれよりずっと後の一九九〇年のおわりごろ、「日本小説を読む会」の三五一回で「わが忘れなば」を取り上げたときだった。当日の報告者は北川荘平。以下、会報三四一号（一九九一年一月）の討論記録により、今は亡き会員たちの言葉のいくつかを拾い上げつつ話をすすめていこう。

まず報告レジュメのなかで北川荘平は作者小沢信男の「肺結核の青春」、主人公の「私」と「療友鮎沢」とのかかわりを軸とした「痛切で苛烈な結核体験の物語であり、亡友鮎沢へのレクイエム」と小説の内容を紹介し、つぎのように続けている。

「初出時に読んで感動興奮、いらい何度も愛読し、（中略）深刻悲壮なことを、よく言えば軽妙洒脱、悪くいえば軽佻浮薄な饒舌体で語って核心に迫る。悲しきことこそ長調で、だ」と。

当日、出席者は十七名の盛況で、ほぼ全員の好評をえた。

二十代のおわりごろ一時「ＶＩＫＩＮＧ」の東京ブランチで小沢信男と親しくしていた福田紀一が冒頭、「テンノウが京都に来る日に二十人ほど集まって『わが忘れなば』について論じる人間がいると知って、彼カンゲキしよるで」と、いかにも福田らしい発言をして皆を笑わせ、討論がはじまる。小沢信男（の小説）をはじめて読んだ私が「雅と俗など異質なものを結びつけるレトリックがみごと。（中略）この作者照れ屋か」と問い、「そう。シャイ」と福田が応じた後、私はこうつづけている。

「自己韜晦の名手みたい。哀しみを表現しようとして駄ジャレや下品な表現を用いる。田中克己の歌だけではセンチになるので、さんざんいちびって、最後までこの歌を転調させて一篇の作品をこしらえる。大変な才能」と。

討論の最後には、日ごろは気難しい飯沼二郎までが「北川さんのおかげでこんないい作品読めた」と感謝し、「ほんまによう思い出してくれたなあ」と私も同調しているのだった。

この討論の載った会報は北川荘平あるいは福田紀一の手で作者の小沢信男に送られ、数々の熱い讃辞は伝わっているものと私は信じていた。「わが忘れなば」が「新日本文学」に発表されたのは一九六五年で、すでに二十五年も経っていた。しかし何年経っていようと褒められるのは嬉しいはずだ。私としては、このような形で作家小沢信男に出会えたつもりでいたのだった。

ところが後年、私の『日本の小説を読む』（二〇一一年、編集グループSURE）への礼状のなかで、彼は「日本小説を読む会」の会報で採り上げられたことは知っていたが、「会報」を読むのははじめてだと書いているのである。つまり私たちの熱いラブコールは、およそ二十年後にやっとご本人にとどいたのだった。

前に私は「わが忘れなば」によって作家小沢信男にはじめて出会えたと書いた。ところが彼の方ではそれよりもずっと早くに私を知っていた。一九七四年一月五日の東京新聞に私の最初の短文集『ヴォワ・アナール』（一九七三年、朝日新聞社）の書評を書いてくれていたのである。題して「分厚い上方の土壌」（これは編集部のつけたものらしい）。以下、すでに他で書いたことと重なるがつづける。

「なあに、あっさりした本だからすぐ読めますよ、と言われてつい書評をひきうけ、なるほど一気に読み通したが、このあっさりがくせものなのだ。だいいち開巻へきとうが便秘の話で、がんこなフンヅマリをサラサラ読ませる。内容と手法のこの異質なとりあわせを、それと感じさせないほどのオカシミ、この芸当がどこからくるかと考えて、書評の方がさっぱりフンヅマリである。」——冒頭からすでに十分小沢調というか小沢節である。

『ヴォワ・アナール』は三部から成る。交友録・身辺雑記の第一部について彼は「自分との同質性を発見しつつそれを相対化する作業」で、「そこに働く精神の躍動と抑制はいわば口に合った酒を味わいつつ酔わないでいる」という趣きで、ここにひとりのエピキュリアンがいると。

それにひきかえ第二部の松本清張、バルザック、エレンブルグ、ルソーなどを語ったくだりには「時代の苦酒の味」があると、また第三部、高橋和巳追悼の「失われたユートピア――もうひとつの解体」については「高橋和巳という悪酒をじっと口にふくんで辛抱している図にはあるストイックな感動がある」と三部全体を酒の味で通してみせた。そして「精神と感覚のこうした甘口と辛口の「幅と奥行」の奥に「ぶあつい上方の土壌」を見ているのだった。

するとこれを読んだ富士さんから早速葉書で「小沢の書評は面白い。山田稔は上方の象徴と相成ったり」と冷やかされた。それにたいし私は「再読して感心すると同時に、何やら薄気味がわるく、複雑な気持です」と返事をしている。「悪酒をじっと口にふくんで辛抱している」とはなあ。実際、最初に読んだとき、その表現の巧みさに思わず笑い出したのだった。それはいまも変らない。

このほかにも小沢信男は『スカトロジア』の福武文庫版（一九九一年）に「解説」を書いてくれた。

六ページあまりあるその「解説」は、主に谷崎潤一郎の『陰翳礼讃』を中心に展開されていた。ひとつは中国の倪雲林の故事のなかの、蛾の翅をたくさん壺に入れ、そのなかに排便すると、「パッと煙のように無数の翅が舞い上がる」その情景、もうひとつは「厠で一番忘れられない印象」として谷崎が紹介している、大和路のうどん屋の便所の話。吉野川の上に突き出ているその便所に跨がると尻の下は眼もくらむ空間で、「糞の落ちて行く間を蝶々がひらひら舞っていたり（後略）」。

その優雅な厠はすでに失われたにちがいないが、代りに厠の精が「仮りに山田稔と名乗って古今東西の芸林に遊んでいる」。そして「糞尿のあれこれを舐めるがごとくに語りに語って、かくもうららかに爽やかに、行間に蝶々ひらひらの気韻さえ漂うのは、本書が幼児性横溢の一種のユートピア通信にほかならないからでしょう。と同時に、この著者が便秘と痔に悩む人であったらしいことは、おそらく創造の極意に関わります。」と付け加えるのを忘れない。

結びは、

「本書がこのたび福武文庫となって金茶色の無数の雲母のようにパッと全国に舞い散るさまは、想像するだに恍惚とします。これは万人の贅沢です」と、最後までサービス精神を忘れない。

ずいぶん長くなって恐縮だが、それはこの小沢信男の「解説」が私の知るかぎり『スカトロジア』について書かれた数々の書評のうちでもっとも熱のこもった、そして何よりも唯一、署名入りのものだからである。

ところで私がはじめて「わが忘れなば」の作者に会ったのは何時何処でだったのだろう。中尾務の伝える小沢の言によれば、銀座の文春画廊で開かれた富士正晴文人画展の会場でだったそうである。それなら一九六五年三月ということになる。期間中、私は杉本秀太郎と交替で受付に座っていたから、来場者として小沢信男の姿は見ていただろう。小沢も私を見ただろう。おそらく言葉はかわされなかった。これでは「会った」とは言えまい。

事実、『スカトロジア』の解説の終わりの方で小沢信男はつぎのように書いているのである「じつは筆者は、氏の述作に親しむのみで、ついぞ面晤の折もなく、その人となりをじかには存じあげません」。そのとおり、たしかに私はまだ小沢信男と面識はなかった。にもかかわらず、この解説文からおよそ二十年後に大阪ではじめて(?)会ったとき、「やあ、久しぶりですね」という言葉が自然に口から出たのは書評、とくにあの「解説」によって、すでに小沢さんとの「面晤」を済ませていた気になっていたからにちがいない。

大阪で会ったその日、すなわち二〇〇九年一月二十四日夕刻、ホテル・アウィーナで開かれた宮川芙美子『リレハンメルの灯』出版記念会に、呼びかけ人のひとりとして小沢信男が、そして呼びかけられた者として私も出席した。大阪の文学学校の生徒であった宮川は東京に転居した後「新日本文学会」の文学学校に入りそこで小沢信男の指導を受けた。つまり小沢は彼女の先生だったのである。

会のはじめ、呼びかけ人代表の挨拶のなかで、彼は温厚な口調で教え子の文章の講評をおこなっていた。と突如、怒りだした。びっくりした。詳しくは憶えていないが、たしか講義のなかで口が酸っぱくなるほど注意したことが守られていない、といったことだった。怒りはすぐにおさまった。そのあまりにも急な変り様に最初、ふざけているのかと思った。だが、そうではなかったのである。

後日知ったことだが、津野海太郎によれば*小沢信男は癇癪持ちで「突然爆発する、真赤になって激怒する」くせがあるそうで、そのめずらしい現場を私は目撃したのだった。


*小沢信男、津野海太郎、黒川創『小沢信男さん、あなたはどうやって食ってきましたか』(二〇一一年、編集グループSURE)

大阪で会ってからおよそ四年後の二〇一三年十一月九日、秋の恒例の茨木市立中央図書館での富士正晴記念特別講演会の講師として招かれて小沢信男がやって来た。このときは夫人同伴だった。

演題は「富士正晴の兵隊小説」。話は前置きが長く、さらにあちこち寄り道をして一体どうなるのかと心配しているうちにぴたりと時間内におさまった。その語り口のみごとさは噺家の至芸を思わせた。

話の内容はつぎのようなものだった。長谷川四郎の「張徳義」と富士正晴の「崔長英」、この二作品を比較し、完璧な短篇である前者よりも未完成の後者の方がじつは

左から福田紀一、小沢信男、著者。2013年11月9日

すごい作品ではないか。富士の「わからない」ものは「わからない」ままで問いつづけ安易に解釈したり判断を下さない、その「インテリジェンス」がすばらしい。

講演の後、夕方から阪急茨木駅二階のビアホールで懇親会が開かれた。予約してあった別室に入りきれないほどの盛況だった。

司会役の中尾務の指示で主賓の両隣に福田紀一と私が着席、乾杯の音頭を私がとることになった。久しぶりの再会に興奮した福田が例の早口で話しかけるのを、わずかなビールに頬を赤らめ「ほっほっほ」と愉快そうに笑いながら聞いている小沢さんの好々爺然たる横顔が忘れられない。

そのときの写真が書棚の引出しの奥から出て

きた。一枚は講演後に控え室で向き合って椅子にかけて小沢さんと私が大口を開けて笑っている図。一体どんな話をしていたのだろう。もう一枚では小沢さんを真中に福田紀一と私が立っている。われわれ二人は帽子をかぶっていて、控え室を出るところらしい。小沢さんはこまかな白と紫のチェック柄のシャツに黄土色のジャケット。真白な髪、眼鏡のおくのほとんどつぶったように細い目尻の下り気味の眼。「突然爆発する」顔とはとても思えぬ温顔である。

手紙

私の手許には小沢信男の手紙が十七通残っている。葉書四通のほかは封書である。いちばん古いのは一九八八年二月三日付のもので「新日本文学会」の封筒におさめられている。

「新日本文学」夏季号の特集「これからの長谷川四郎」への執筆依頼状である。印刷された編集プランのほかに、四百字詰原稿用紙二枚にわたり小沢信男が青いインクでこう書いていた。

長谷川四郎の『ぼくの伯父さん』について十枚ほどおねがいする。ただし原稿料なしなので、枚数の方はふえてもへってもかまわないと。そして「いつかお目にかかることもあろうかと存じます」で終わっていた。

この執筆依頼を私は断った。当時、長谷川四郎を愛読してはいた。しかし「遅れすぎた」読者と自称するだけあって、読んだ作品は『シベリア物語』、『鶴』、『ベルリン物語』その他二、三で、肝腎の『ぼくの伯父さん』はまだ読んでいなかった。あわてて一夜漬けの勉強をしても、いいものは書けそうにないと判断したのだった。

この原稿依頼状をのぞき、他の手紙はほぼすべて私の著書への礼状兼読後感だった。いずれも軽妙洒脱、大変ユニークで面白かった。著者宛の私信というより、書評あるいはエッセイとして十分通用するものばかり。実際、自分でひとり占めするのがもったいなくて、小沢さんの許しをえてコピーを版元の編集者に送ったものも何通かある。

前出の『日本の小説を読む』、とくにそのなかの「日本小説を読む会盛衰史」に、小沢さんはとくにつよい関心を示した。それは足かけ三十八年間、毎月欠かさず続け、会報を四〇〇号まで出して解散したこの会の歴史に、みずから深くかかわった新日本文学会での体験を重ね合わせて読んだからであろう。とくに財政面のこと。「よむ会」の会計はつねに黒字だった。私が年末の例会で会費を取り立て「その二十五万円を内ポケットに押さえて二次会にくり出すところ」に感動したと書く。

会報には、二次会の模様も記録されている。ここでも「新日文」と比較して、

「二次会の割り勘代がわりあい高額なのも、さすが京都ですなぁ。（中略）だいいちに、割安のお店ながらも好みの三品を銘々が言いたてる。その自我も蓋口も、つまり文化の厚みがおよばない。いやはや。苦笑。吐息です。」

解散後の面倒も「さりげなくみつづけておられるあんばいが、別れたひとと淡々とつきあっているような。人生の余情。やっぱり小説です、この本は。」（二〇一一年十一月三日付）

手紙はパソコンで縦または横書きでつづられていたが例外が二、三あって、例えば『天野さんの傘』への感想ではおわりまで手書きで書いてきたところで、

「じつはパソコンでお手紙書きかけたのですがそのパソコンが今朝から不調。ああこれは、山田さんに手書きでお手紙せよの天意であるな！

ひさしぶりに原稿用紙とりだした次第です。乱筆ごめんください。ありがとうございました。」

たしかに跳んだり撥ねたりの踊るような文字で読みにくく、判読に苦しむ箇所さえあった。それでも息づかいがもろに伝わってくるようで、親しみがさらに湧いてくるのだった。

手紙のありがたいところは、保存しておいて何度も読み返せることだ。手紙を読み返すたび、筆跡をたどるたびに小沢さんに「会って」いた。直接顔を合わせたときよりも会っていた。会って話を聞いていた。

前にも書いたように、小沢さんの手紙はほとんどすべて私の本への礼状、感想で、私的なことには一切触れていなかった。ところが「ぽかん」8号への礼状（二〇一八年十一月二十九日付）では、「真治さんはよく出すなぁ、80頁もの冊子を。巻頭が幼い生い立ちの記で、結びが亡き人を偲ぶ記で。いわば生涯にわたる。それで傘寿の80頁かな」と出だしはいつもの小沢調だが、後半は一転して体調の報告になっていた。初めてのことだった。

二月下旬に肺炎と心不全で一カ月あまり入院、以後酸素補給器を鼻に挿入して暮らしている。若いころ肺結核を患ったが、その後は歩くのは一万歩くらいは平気で、この歳まで保ったのはそのおかげだろう。しかしもはやダメ。じっとしているぶんには大丈夫だが動き回ると苦しくなる。それでもボンベを引きずって外出、バスにも電車にも乗っている、云々。

そして最後に話がまた変わって、私の『こないだ』に触れ、あの本を開くと福田紀一や多田道太郎に出会えて「懐かしく可笑しいような、そのうち淋しい気持になって閉じ。そのくせ、またひらいて、またさびしく。」とつづいているのだった。

肺の既往症を考えると、これは憂慮すべき状態にちがいなかった。しかし一万歩とか、酸素ボンベを引きずりながらもバスや電車で外出しているといったところにばかり目を奪われ「もはやダメ」を軽く受け止め、それでもまだまだ当分は大丈夫だろうと私は安心していた。

ほぼ一年後の『山田稔自選集Ⅰ』への礼状にはつぎのようにあった。

「酸素補給のカニューラを鼻に挿して、近所を歩くだけでくたびれる。まぁ、もういいか、というこのごろです。」

そしてまた約一年がたって『自選集Ⅲ』への礼状がとどいた（二〇二〇年七月十七日付）。自筆でと試みたが「もはや文字がヨレヨレ」なので印刷文字で許してほしいと前置きして、横組みで以下のような感想が一枚半ほどつづられていた。

まっさきに五十頁の長篇「自筆年譜」を一気に読了。同じ世代のものとして共通の思い出が多々あり「これは極私的でいて、読者も役立つ年譜」だとあり、最後に「人の世の日々に、さりげなく撒きかける薬味」のつまった「自選集Ⅲ」だと結ばれていた。

ヨレヨレと言いながらも最後の、これだけは手書きの署名の文字は、何時ものように勢いよく撥ねていた。

小沢信男、当時すでに九十二歳。私はこのひとから三歩ではなく三年後からついて行くつもりだったのだ。しかし彼は十代のおわりに胸郭成形手術で肋骨を五本も失っている。その体でこれまでよく歩き、よく喋り、よく書いてきた。よく生きてきた。

もういいか。

訃報に接したのは翌年(二〇二一年)の三月八日付の京都新聞(朝刊)によってである。社会面の最下段に小さく、見出しもなく、しかし白髪の笑顔の顔写真付きで。

「3日午後11時47分、CO2ナルコーシスのために東京都千代田区の病院で死去、93歳」。その後に簡単な略歴。評伝「裸の大将一代記——山下清の見た夢」で2001

年桑原武夫学芸賞受賞。主な著作に「犯罪紳士録」「東京骨灰紀行」『通り過ぎた人々」とつづいていた。

「CO2ナルコーシス」とはいかなる病か。知り合いの医師に訊ねてみた。肺機能の衰えのため吸い込んだ炭酸ガスを十分排出できずに起るもので、炭酸ガス過剰症とでもいうか、との説明をうけた。意識がもうろうとしてくるから、そう苦しまずにすんだのではないか、とも。

小沢信男は「みすず」の表紙裏に「賛々語々」と題する俳句・川柳等紹介のエッセイを永年連載していて、その一二〇回が二〇二一年の三月号に載っていた。これが絶筆かと思っていたところ、同年六月号に「賛々語々」遺稿「花吹雪」というのが掲載された。編集部の付記によれば、死後パソコンに残されているのが発見されたものという。冒頭に池田澄子の、

あっ彼は此の世に居ないんだった葉ざくら

の句がかかげられ、古くは大先輩の花田清輝、長谷川四郎、近くは自分よりずっと

年下の池内紀、坪内祐三、知友のほとんどすべてがいまや死者となった。「私は、おおかたあの世の人たちと共に生きている」とつづり、たくさんの死者たちということから、戦後間もないころ中学への通学の途中、新宿駅近くの路上で見かけた多くの行き倒れの死体、それがみな駅の方に頭を向けていた情景を思い出す。

最後に、ふたたび同じ池田の句集から次の句が引かれていた。

花吹雪あのひと生きていたっけが

付記

冒頭にかかげた「その肺で…」の句は、十句から成る「鳥渡る　実妹伊藤栄子を送る」のなかの一句。小沢信男句集『足の裏』(一九九八年、夢人館)所収。妹栄子も兄同様、肺を患いながらも長寿であった。

なお、小沢信男は余白句会では「巷児」という俳号を用いているが、『足の裏』では用いていない。したがって冒頭句の作者名も「信男」としておく。

(二〇二一年五月)

雑々閑話

1

わが家には書庫といえるものがない。したがって書斎が書庫を兼ねることになる。その書斎は空間としてはわりに広く十五、六畳はあると思うが、本棚のほかに親ゆずりのばかでかい洋服箪笥や黒檀の机（その上にも本が積んである）などが場所をふさぎ、実効面積はそう広くはない。おまけに窓際には古いステレオ装置が置かれている。それでもまだ中央には畳二、三枚分ほどのスペースが残されているはずなのだが、先年腰をいためて以来、そこには布団が敷いたままになっている。つまり万年床である。退院のさい主治医でもある老院長はこう注意した。

「机に坐ってモノを書く、その姿勢が腰にいちばんわるいのでねえ。まあ一時間か一時間半もしたらいちど起ち上ってコーヒーを飲むとかして。」

私が「モノを書く」のは午前中にかぎられ、またコーヒーブレイクの習慣などはない。それでも気がつけば執筆を中断して布団に横になって腰をいたわり、それまでに書いたことを反芻し、あるいはこれからどう書き進めようかと思案する。——以上が私が書を読み、夢を見、モノを書く環境なのである。

ある日、その万年床に横たわったまま、周囲を見回していると、例のステレオ装置の黒いボックス型スピーカーのうえに本が積んであるのに気付いた。そこで起き上り、どこか別の場所に移そうとして持ち上げると、いちばん下から薄い雑誌が現われた。見ると茶色のしみの浮き出た白っぽい表紙に横書きで黒く「新潮」、中央に笹の葉をあしらった絵、左の方に朱色で「創刊五百號記念」と、そしていちばん下に「十二月特大號」としるされてあった。昭和二十一年十二月発行、本文約百八十ページ、定価十二円。

昭和二十一年十二月といえば敗戦の翌年である。そのころにもうこんな雑誌が発行されていたのか(新潮の復刊は一九四五年十一月)。目次を見ると冒頭に「身邊隨筆　志賀直哉」、「同窓の人々　谷崎潤一郎」と二つ並んで大きく出ている。志賀の随筆は「書」、「物忘」、「意地悪」、「自動車」の四つの短章から成る六ページのもの。

これを見てすぐに思い出した。私は志賀直哉の随筆が読みたくてこの雑誌を買ったのだ。当時十六歳（中学四年生）の私は志賀直哉を愛読していて、その随筆を真似たような文章を中学の新聞に投稿したりしていたのである。

また私は思い出した。この大人の雑誌を私は京大正門わきのナカニシヤ書店で買った。当時私は吉田中阿達町に住んでおり、その店はわが家から歩いて十数分のところだったのである。たしかほぼ同じころ、そこで「藝林閒歩」という雑誌の徳田秋聲特集号を買った記憶もある。ところで当時十二円というのは中学四年生の私にとって、どの程度の出費だったのだろう。一体私は月々いくらくらい小遣いをもらっていたのか。

こんな思い出にふけりながら私はその記念すべき古雑誌の編集後記に目を移した。編集兼発行人・斎藤十一。あ、もうすでに彼が。前にも書いたことだが、瀬戸内晴美によれば、「純文学の作家に大衆小説を書かせて、転ばせるのが趣味」とうわさされた辣腕の編集者である。彼は売れない作家の小田仁二郎に、「週刊新潮」に連載中だった柴田錬三郎の『眠狂四郎無頼控』のあとをうけて『流戒十郎うき世草子』を書かせ「転ばせ」た。……

思い出にふけってばかりいては埒が明かない。とにかくこの記念すべき古い「新潮」のために、適当な場所を見つけてやらねば。

古い雑誌類は本棚のいちばん下の段の片隅に押し込むか、入りきらないものはその前に雑然と積み上げてある。「新潮」、「文學界」、「文藝」、「海燕」、「展望」等々。大学の研究室に置いてあった多数のバックナンバーは定年退職のさいに処分して、いまここに残っているのはほぼ自分の作品が掲載されている号だけである。背に黒または赤のマジックで作品名が記入されているのですぐにわかる。

「幸福へのパスポート」と書かれた「文學界」昭和四十三年（一九六八）の三月号が見つかった。私の作品が初めて文芸雑誌に載ったのがたしかこれだった。表紙には芥川賞受賞第一作「幼年時代　柏原兵三」と出ている。懐かしい名前である。彼は大学でドイツ文学を教えつつ「徳山道助の帰郷」で芥川賞を受賞。他に『仮りの栖（すみか）　ベルリン冬物語』（一九六九）がある。一九七二年に三十八歳の若さで死去。

さて目次を開くと、その「幼年時代」の後に作者の柏原兵三と大江健三郎の対談「われらの文学」がつづいていた。ほぼ中央に丸谷才一「年の残り」と辻邦生「叢林の果て」の二作、そして最後に枠で囲って黒地に白ぬきで「幸福へのパスポート（同人雑誌推薦作）山田　稔」と出ているのだった。つまり私は「文學界」に依頼されて書いたのではなく、「VIKING」に発表した作品が転載されたにすぎない。そしてこれが次回（第五十九回）芥川賞候補に選ばれるのである。

その知らせを受けたとき私は嬉しいどころか当惑した。というのは連作「フランス・メモ」の最終回のこの作品がいちばん出来がよくないと思っていたからである。候補になるのなら「フランソワ」にして欲しかった。それにまた、学生による大学封鎖などで騒然たる京大近辺では「幸福へのパスポート」という題はいかにも能天気に思われ恥ずかしかった。しかしこれは実際にパリにあったニセの結婚相談所の名称だから仕方がない。

そういった訳で、落選と知らされてもとくに口惜しくはなかった。むしろほっとした。当選作は大庭みな子「三匹の蟹」と丸谷才一「年の残り」の二作。私の作品の選評はよくおぼえていないが、たしか井上靖、中村光夫、大岡昇平が少し褒めてくれた。友人の大槻鉄男が「「幸福へのパスポート」は三匹の蟹にさらわれたね、おれたちはそのカニを食いに行こう」と同情（?）してくれたのを思い出す。

この作品は「VIKING」（二〇四号）の同人例会で合評されている。紙上出席の富士正晴から褒められた以外は概して不評だった。私自身納得した。

右のような芥川賞にたいする私の関心の薄さは、たかが芥川賞の候補になったくらいでそう騒ぐなといった「学問の都」京都の東京の文壇にたいする態度に影響されたのだろう。それともうひとつ、「ＶＩＫＩＮＧ」の伝統（？）、つまり富士正晴の文壇嫌いも無視できないと思う。ところで「幸福へのパスポート」以後、「ＶＩＫＩＮＧ」同人でありつづけながらそれ以外の東京の文芸雑誌にも小説を発表しはじめた私を、富士さんは内心ではどう思っていたのだろう。ふん、あいつはそのうちもどって来よるわ、とでも。

その後、『幸福へのパスポート』が単行本として河出書房新社から刊行されるさい、私は題名を元の「フランス・メモ」にもどしたいと申し出たが受け入れられなかった。私は書店に平積みされた自分の本が恥ずかしくて近づくのをさけた。

だがそれにもかかわらず、いまではこの本は忘れられぬ自著のひとつとなっている。まず装幀がよかった。表紙カバーの画は、ベルリンから帰国後あまり間のない無名時代の佐野洋子によるもので、その茶目っ気たっぷりのユーモアのセンスが気に入ったのである。

後に有名な絵本画家となるこのひとのエッセイも私は好きになった。『あれも嫌いこれも好き』のなかの「装丁は本の似顔絵」という文章のなかで彼女はつぎのように書いている。

「どんな本も装丁という顔を持たざるを得ません。私達は中身を買うのですから、「顔」はついでについて来てしまうものです。たまには、あまりにも装丁が好きで買ってしまうこともありますが、それは装丁という役割を越えてしまうバカな美人に手をだしてしまう、バカな男をしてしまった様な気がします。」

さて私の本にそんな「バカな男」がどれだけいたか。

佐野洋子はまた、十枚ほどの短いエッセイのなかで「ウンコ座り」という言葉を二十二回も繰り返すのである「ウンコ座りって、小文字のbみたいですね」(「小文字のb」)。やっぱり私と縁があったらしい。

話があらぬ方に逸れたがつぎに帯。まず濃いワインレッドの色がよかった。つぎに宣伝の文句に、芥川賞候補云々といった文言が入っていないこと。

だが何よりも嬉しかったのは、裏表紙の側の帯に桑原武夫、埴谷雄高の順に載っている推薦の言葉だった。担当編集者岡村貴千次郎さんによれば最初は埴谷さんだけのつもりが、桑原さんにも頼むよう埴谷に言われて二名になったそうだ。埴谷さんはそうしたこまかい気遣いのできるひとだったのである。

自分にたいして書いてもらった帯文について云々する非礼をかえりみず、あえてこのまま筆をすすめる。

帯文は二つ、まず桑原先生のものから。

「(前略) 近頃めずらしく確かなデッサンに淡彩を加えたフランス印象派風の好短篇、これを支えるものが天成良質の眼であることに間違いはないが、その眼光を時おり、涙などによってではなく、曇らせる独特の気品が、ふとたくらみと見えるところに新しい魅力があるのである。」

つぎに埴谷さんのもの。

「山田稔の作品のなかでは、窓も部屋も樹の枝も広場の石畳も、そして、ひとびとも、すべてが孤独のなかで他物から親愛と交感をもとめて、静かに息づいている。この屈折豊かで明晰な文章から、私達は、人生とは、事物とのまぎれもない関係であり、そしてまた、事物との関係をさらに越えようとする心のさまざまな動きにほかならないことを、繰返し啓示されるのである。」

うまいことを書くなあ。私は自分のことは忘れ、思わず嘆息を洩らした。そして

「すべてが孤独のなかで他物から親愛と交感をもとめて、静かに息づいている。」のところをなんども読み返し、自分のこころの奥底に触れられたように感じた。こうして埴谷雄高という文学者は私にとって忘れられぬひととなったのである。

後日、桑原先生にお礼を述べにうかがうと、あの負けずぎらいの先生が「埴谷にはやられたな」と苦笑まじりに呟いて黙りこんだ。


さてもう一冊「文學界」(昭和五十年八月号)を手に取ると、背に消えかかった黒のマジックで「もうひとつの旅」と、そしてその下にも何か書いてある。「富士正晴敬吉郎のこと」と読めた。急いで目次をひろげてみると「創作特集」とあって、庄野潤三、野呂邦暢らの六篇が並ぶそのどまんなかに「榊原敬吉郎のこと　富士正晴」と「もうひとつの旅　山田　稔」の二つが並んでいるではないか。すっかり忘れていた。富士さんと肩を並べているなんて……。

早速、富士作品の冒頭を読んでみる。

「秦恒平が村上華岳のことを調べ上げて書いた『墨牡丹』を読んで、その巧みさ綿密さにしばらく恍惚としておった。」

後に富士が榊原紫峰の評伝を書くきっかけとなる事情を詳しくのべた一連の富士流「調べもの」である。まだこのころは、富士正晴の「小説らしくない小説」も「文學界」にのっていたのだ。「恍惚としておった」というのが、いかにも富士正晴らしい。

ところでこの秦恒平という作家は当時文芸雑誌によく名前を見かけたひとで、そのころは知らなかったが黒川創の叔父に当る人物なのだった。

さらにもう一冊、背に消えかけた字で「函のなか」と記された「文學界」(昭和四十三年六月号)。こんな作品のあったことを私はすっかり忘れていた。

「函のなか」は「幸福へのパスポート」が芥川賞の候補になった後に「文學界」編集部から注文があって書いたものである。目次を見ると、「新鋭創作特集」のひとつとして柏原兵三、山田智彦、宮原昭夫、野呂邦暢と並んで挙がっているのだが「八〇枚」と示してあって、そんなに長かったのかとおどろいた。しかし他の作品も六十から百五十枚で、私の八十枚というのはとくに長くはなかった。当時「新鋭作家」の短篇といえば百枚程度が普通で、むしろ長いほど編集者によろこばれたものである。

「函のなか」は、語学の視聴覚教育のためのLL教室(ラボ)のなかで教師はいかに人柄が変わるか、小心者がいかに平然と破廉恥な行為におよぶか、といったことを描いたものだが、これを読んだ編集者は「幸福へのパスポート」から一変したこの作品に当惑したのではなかろうか。

2

古色蒼然というべきか、最初に紹介した「新潮」に劣らず白地の表紙には褐色のしみが目立ち、背の下の方が千切れている。「展望」の昭和二十五年（一九五〇）の十二月号だった。本文百三十ページ、編集長は臼井吉見、定価七十五円。あの「新潮」が十二円だったから、四年間で六倍もの値段になっている。

ここでちょっと「展望」について説明しておくと、これは戦後（一九四六年一月）「新生」についで、二番目に古田晁が筑摩書房から出した総合雑誌である（一九五一年に休刊、一九六四年に復刊）。総合雑誌とはいえ、ここには太宰治の「ヴィヨンの妻」、「人間失格」、大岡昇平「野火」、宮本百合子「道標」（四年間連載）など、後に戦後文学の代表的小説といわれる作品が掲載されている。

その「展望」に私は二回書いているが、この号の出た一九五〇年といえばまだ大学の二回生だ。何にひかれたのだろうと表紙をめくってみた。

目次のトップは田辺元の「ヴァレリイの詩『若きパルク』」。これがこの号の目玉らしいが、私が七十五円はたいたのはこのためではなさそうだ。ほかに寺田透「バルザック試論」など。最後に宮本百合子の「道標」(最終回)が載っている。これでもあるまい。と、その前に「誤訳・悪訳・珍訳」というのが目についた。筆者は青木智夫。たぶんこれだ。

ページをめくって、連載の第三回目だとわかった。当時、話題になっていたのだろう。私も友人か誰かにすすめられて読んだのかもしれない。当時は出版界は翻訳ブームで、海外の新しい文学がつぎつぎ訳されて出たが、信頼できる訳者の不足から、あやしげな翻訳が問題になっていた。それでこのような連載ものが「展望」にものったのだろう。

冒頭、取り上げられているのは当時流行のキェルケゴール、石中象治訳の『恐怖と戦慄』(人文書院版『キェルケゴール選集第四巻』)で、その冒頭三つ目のパラグラフの訳文が槍玉に上っているのだった。

私は最初ちょっと目を通すだけで済ませるつもりだったのに、その石中の珍訳ぶりに引きこまれ、ついしまいまで読んでしまった。このままほうっておくのは惜しいので以下紹介する。

「良心的に近代哲学の意味深い進行を標記するすべての投機的な給仕人、すべての私講師、復習教師、大学生、すべての哲学の借家人及び単なる哲学の小百姓さえも、すべてを疑うことに満足しないで更に先に進むのである。」（傍点は青木。表記は新字新仮名に改めた）

これを青木智夫が「荒っぽく意味だけをとって訳し」直すと次のようになる。

「まるでゲーム取りが採点するみたいに、近世哲学の発展の跡を、いやにやかましく勿体ぶって特筆大書してまわる思弁屋さん、私講師でござれ助教師でござれ学生でござれ、凡そ哲学界に身を置く者はもちろんのこと、哲学にずぶの素人である者までが誰も彼も……」。

そして青木はこう結ぶ。

「こんな調子で訳されたのではいかに絶望の哲学者だってやりきれたものではあるまい。」と。

思わず笑ってしまった。

ところで次のページに目を移すと「「青木氏に与う」(魚返善雄)というのが載っているではないか。「あれはヒドイ、これはヒドイ、と雑誌社や新聞社をまわり歩いて、他人の作品にケチをつける古ぼけた男がある」。その青木智夫なる人物が「展望」の前号で魚返善雄の『水滸傳』の訳文にケチをつけたらしい。それにたいし早速、魚返が反論が書いているのだった。彼は青木智夫なる人物について、九カ国語が出来ると称するが「すくなくともシナ語について言えば外語の二年生程度の実力である」と切り捨て、彼の誤訳指摘がいかにいい加減なものであるかを例証していく。

私はまた笑った。笑いつつ、当時つまり昭和二十五年(一九五〇)にはまだ「展望」のような総合雑誌でもこのような論争(?)がおこなわれていたのかと懐かしみつつ、ほかにも誤訳摘発で有名になった書物があったことを思い出した。そしてあちこち探しまわった挙げ句、やっと本棚の前の本の山のなかから埃まみれの一冊を見つけることができた。別宮貞徳著『こんな翻訳読みたくない』。

かなりの厚さの、ずしりと重い本である。あざやかな青の帯には白ぬきで「恐るべきサギ的翻訳者たち」とどぎつい文句が大きく横書きで、その下に小さく「浜の真砂はつきるとも、世に盗人のタネはつきるとも、間違いだらけの翻訳はつきない。大学教授、大新聞社論説委員などの誤りを、実名入りで暴く！」と。まあこの宣伝文句の大げさなこと。いまではとても考えられない。出版社はと見ると文藝春秋。初刷は一九八五年三月一日、一月後には早や二刷が出ている。

奥付の紹介によると著者の別宮貞徳（べっくさだのり）は一九二七年東京生まれ、比較文学を専門とする上智大学文学部教授。著書に『誤訳迷訳欠陥翻訳』（正続）その他があるらしい。この本はその三冊目で、いずれも「翻訳の世界」という雑誌に「欠陥翻訳時評」の題で連載したものという。そういえばむかし、そのような雑誌が出ていたのを思い出した。

目次を見ると、槍玉に上がっているのは二十冊、すべて英文の本のようだ。あちこち拾い読みしてみるとなかなか面白い。聖書からの引用とは気がつかず、他の地の文章と同じように訳したのなどまだ罪のかるい方かも知れない。誤訳、悪訳程度ならまだしも、珍訳ともなればまさにブラックユーモア、またまた笑ってしまう。例を挙げるとキリがないので、現在でもちょっと考えさせられるものを一つだけ。「自動翻訳者の限界」の章のなかの逸話である。数年前の翻訳機械によるとHe works at a gas station. の訳が「ヘリウムは気体ステーションに作用する」となった、云々。

こういう本を千二百円払って買ったということは、当時私が翻訳（そして誤訳）につよい関心をいだいていた証拠である。いや、関心どころか当事者だった。だが「恐るべきサギ的翻訳者たち」のひとりではなかったと信じたい。翻訳に誤訳はつきもの、許容範囲があることぐらい別宮貞徳先生もご存じのはずだ。誤訳にもピンからキリまである。となると何年も前、私がまだフランスの日常生活を知らぬままに charcuterie（シャルキュトリ）（お惣菜屋）を古い仏和辞典にあるとおり「豚肉屋」と訳したのなど、ピンとキリの間のどのあたりにあるのだろう。

後に私はこの評論を主とする雑誌「展望」に二度執筆した。最初は「糞氏の思想」（一九七六年五月号）、つぎは「オートゥイユ、仮の栖」（一九七七年四月号）である。後者は、私が一九六六年にはじめてパリに住んださいに世話になった下宿の老主人への追悼文である。これを、私の好きなように書かせてくれた編集長の中島大吉郎は大学の一年後輩に当るが、編集よりも酒の方を好み、ついに酒で命を縮めることになったこの愛すべき男については、すでに別のところで書いたので繰り返さない。*

＊『富士さんとわたし――手紙を読む』（二〇〇八年、編集工房ノア）

3

本棚にたてよこに押し込まれた雑誌の背をながめ、とくに目につくのが、「文藝」と「海燕」である。「文藝」（私の作品の載りはじめたころは「文芸」）には、二度目に芥川賞候補になった「犬のように」のほか、「バリケードのこちらがわ」、「ごっこ」、「選ばれた一人」、「逃亡」など一連のいわゆる「学園紛争もの」、そして連作「コーマルタン界隈」を載せてもらった。最初は編集長は寺田博だったが「コーマルタン界隈」のころには金田太郎に変わっていた。

その連作の第一回は一九八〇年七月、最終回の「エヴァ」の載ったのは翌八一年の五月号で、何度か文芸時評で褒められ、とくに篠田一士に激賞された。その後、九月に単行本として河出書房新社から刊行された。表紙装画は野見山暁治。そして翌八二年三月に芸術選奨の小説部門で文部大臣賞を受賞することになる。

単行本の出た年のおわりごろのある日、担当編集者の岡村さんから電話で受賞内定の知らせをうけたとき、最初私は何ごとかと理解に苦しんだ。「ゲイジツセンショウ？　それ何です」。それまで私はそんな賞があることすら知らなかったのだ（だから芸術選奨でなく選賞という漢字が頭にうかんだ)。かりに知っていたとしても、自分の作品が「そのような賞」と縁があろうとは想像もつかなかっただろう。

「はあ、そうですか」という間のぬけた私の返事に、岡村さんはさぞがっかりしたことだろう。正式の発表があるまで伏せておくようにと言って彼は電話を切った。その一週間後に文化庁芸術課なるところから正式決定の電話があって、やっと私の半信半疑の気持は解消したのだった。

正式発表の日の夜、私は先約があって家を空けていた。したがって留守中に方々からかかってきたお祝いの電話に出られなかったし、またテレビで顔写真付きで報じられたのも見なかった。そのせいか受賞の実感はうすかった。それでもつぎつぎと祝電がとどいたりして、その日を境にして身辺が少々騒がしくなるが、そのことは省く。

「文藝」のことにもどろう。この雑誌はよく売れ三万部出ていたという。前にのべたように編集長の寺田博は私によく書かせてくれた。一九七二年六月号には三百八十枚の『選ばれた一人』を一挙掲載。この号は「特大号」となっている。たまたま川端康成の死と重なり、急いで川端康成追悼を組んだためである。追悼文は四名、扱いは意外と小さい。

百数十枚の「雨のサマルカンド」が掲載されたのも「文藝」（一九七六年八月号）だった。桑原武夫を団長とするシルクロードの旅での体験をもとに書かれたこの中篇小説は、じつは最初は「群像」からたのまれて、旅行記とも小説ともつかぬ自分でも不満な状態のまま送ったのだった。それはやはり送り返されてきた。編集長橋中雄二の手紙が添えられていて、山田さんはやはりエッセイの方がいいと思うとあった。そのボツになった作品にさらに手を加えたものが「文藝」に採用されたというわけである。

それからしばらくたって、講談社文芸文庫で広津桃子の『石蕗の花　網野菊さんと私』を読んで感動した私は、文芸文庫編集部宛てに読者カードで、網野菊の作品を文庫に入れてほしいとたのんだ。すると折り返し網野の作品が二冊送られてきた。すでに出ていたのだ。手紙が添えられていて、筆者は文芸文庫の編集長になっていた橋中雄二だとわかった。そこには網野菊や広津桃子のような「つつましい、静かな生き方をした作家」を大切に、赤字を覚悟で出している、といったことが書かれていた。以前ボツになった原稿のことを思いかえしながら、いい編集者に出会えたものだと感謝した。

一九八二年には、寺田博が河出書房新社を辞めて作品社に移りそこで文芸誌「作品」を何号か出した後、つぎに福武書店に移り、彼を編集長にして「海燕」が創刊された。文芸雑誌らしからぬ名称に思えたが、これは野間宏の命名で、ゴーリキーの「海燕の歌」から採られたもので、嵐にも負けずに飛ぶ海燕ということらしい。

早速、寺田博は私にも原稿を依頼してきた。小説でなくてもエッセイでもかまわない、山田さんのものなら何でも載せますと。おだてられ、あるいは励まされて以後私は長めの文章（「雑記」）を「海燕」に発表することになる。「ロベールさんの小説」、「生の傾き――富士正晴を送る」、「サン＝ミケーレの闇――アクセル・ムンテのこと」など。

背に黒のマジックで「詩人の魂」と記された号が見つかった。引っぱり出してみた。一九八二年五月号。創刊後間もない号だが、その表紙を見ておどろいた。黒々と太く「山田稔　詩人の魂」とあり、つづけて小さな字で冒頭の文章が、十数行にわたって引用されているではないか。「そのころは外村についてよく夜の街を出歩いた。（後略）」

こんな晴れがましい表紙を見て、当時私はどんな気がしたか。日記に目を走らせてみたが、それについては一言も触れられていない。そのかわりに、といっては変だが、つぎのようなことがわかった。以下は、これもすでに書いたことと一部重複するが、かまわずつづける。

その年（一九八二年）のはじめごろ、私は古い書きかけの原稿を読み返し、そのなかの「鶏のいる風景」という中篇小説に手を加えて仕上げることを思いついている。そして語り手を一人称（わたし）にするか三人称（彼）にするかに迷いつつも書きつづけ、題を「詩人の魂」と改めることでほぼ仕上った。

ところが前述したようにそのころ芸術選奨の受賞がきまり、身辺が騒々しくなる。そのなかで毎日推敲作業をつづけ、六十九枚に達した原稿を寺田編集長に発送したのが三月十八日。ところがそれがどういう事情からか先方にとどかず、双方ともやきもきしたあげく、月末に私が授賞式のため上京したさい、やっととどいていることがわかって双方胸をなでおろした――こんな一幕もあったらしい。

その号の「海燕」を仕舞う前に目次にもう一度目をやると、冒頭に「厭な感じ　富士正晴」と出ているではないか。すっかり忘れていた。あらためて目を通した。最近は文学賞がやたらとふえたが「国家や企業に頭をなでられて目を細くしている文芸人など何か矛盾のかぎりという気がチラリとしないでもない」と書かれているのだった。「企業」というのは出版社、「国家」は文部省、芸術選奨。これは私への当てこすりか。いやいや、私は「文芸人」などではないし、だいいち富士さんはそんな当てこすりみたいな小細工をする人ではない、それでも受賞後「頭をなでられて目を細く」してはならぬと自分に言い聞かせたことなどを思い出した。――以上のようなことは一部はすでに他のところ（『富士さんとわたし』）でも書いたことと重なるがこのままにしておく。

さて、日記を取り出したついでにページをあちこちめくっていると、つぎのような記述を発見した。

「五月十日。

白の角封筒で郵便が来る。山田稔殿と墨で書かれている。どこかの会社の催しの招待状だろうと思って裏を見ると、『内閣総理大臣　鈴木善幸』と印刷してある。中身は「昭和五六年度芸術文化に活躍された人びととの懇親のつどい」の案内。五月二十五日二時より三時三十分まで首相官邸で。記念品引換券まで付いている。勿論欠席。しかし家人はみなおもしろそうだから出席せよと云う。変なヤツら。」

ここで私は早速「目を細く」すまいと意気込んだのかもしれない。だがいま読み返し、「変なヤツら」の言うとおりしておけばよかったと思う。授賞式で文部大臣の手から賞を受け取っておきながら何をいまさら、毒食わば皿まで、ではないが、こんな機会は二度とあるまい、何かエッセイのネタぐらいは拾えたかもしれないのに……などと、さもしい根性が頭をもたげる。

4

探している雑誌が見つからず、ふと手に取って開いた目次に思いがけぬ発見があって話がそちらに逸れ、おまけに途中で日記をのぞいたり、これではなかなか前へ進めない。だが古雑誌めぐり、雑々わが芸林閑歩は、この寄り道が楽しいのだ。

棚に目をやると異物が何かひっかかった。「すばる」が一冊。あれ？　これには何も書いたおぼえはないがと思いつつ取り出して表紙を見た。「〔アンケート特集〕文学者の反核声明＝私はこう考える」。一九八二年五月号。

表紙と目次の間に分厚い封筒が二つ挟んである。見るといずれも差出人は横浜の中野孝次方、「核戦争の危機を訴える文学者の声明」世話人となっている。中野孝次は一九二五年生まれのドイツ文学者で、すぐれた評論や小説を書いたが、後年、『清貧の思想』、愛犬記『ハラスのいた日々』で一躍有名になった人である。

さて封筒のひとつは「署名についてのお願い」で、「(前略) さて今春、アメリカでレーガン政権が発足して以来、軍備増強論がにわかに高まり、限定核戦略が唱えられ、中性子爆弾の製造が決定されて、核戦争の脅威が人類の生存にとっていっそう切実に感じられるようになってきました。」以下長々とつづき、核反対声明に賛同の署名に加わってほしいと結ばれていた。発起人は井伏鱒二以下、尾崎一雄、井上靖、埴谷雄高らの長老のほか安岡章太郎、吉行淳之介から大江健三郎まで計三十六名。吉行淳之介は意外だが、これは親友の安岡にたのまれてのことだったのではないか。

もう一つの封筒には、B４判の用紙に署名者名簿が入っていた。二百七十八名、うち女性は四十一名(一九八二年一月十八日現在)。五十音順に六段に分けてぎっしり並んでいる。野間宏のほか小沼丹、大岡昇平、里見弴、武田百合子、古山高麗雄らいわゆる進歩派から保守派までの名前が並んでいる。花田清輝、吉本隆明の名はない。詩人は少なく、わずか大岡信、小野十三郎、菅原克己、高良留美子、石垣りんの五名、歌人は島田修二、馬場あき子ら。私の身近な人では桑原武夫、杉本秀太郎が加わっていた。多田道太郎の名前はない。

この名簿にはさらに『声明』への署名とともに寄せられた意見」というのが四ページあまり付いていた。

里見弴「別に工夫なし」、清水一行「賛成です」といったそっけないもののほかに数行、十数行にわたって意見を開陳している人が何人もいる。私自身はどうかと見ると、非核三原則の厳守には賛成だが、核ぬきならいいだろうという考えは困る、といったことを三行ほどのべているのだった。

変わっているのは署名第一号の桑原武夫の意見である。「文学者の声明であるから明瞭で、よい文章にしてほしい」。ヒロシマ、ナガサキを体験した私たち日本の文学者の発起とある以上、「すべての国家、人種、社会体制の違いをこえて」はおかしい。その違いをこえて世界の文学者に訴えるのなら、そういう文章にすべきだ、と。日ごろ文章表現にきびしかった桑原さんがこんなところでもと懐かしく、また何やらおかしい。

さて、「すばる」のアンケート「文学者の反核声明＝私はこう考える」にもどる。質問の要旨はこうである。

さきの「反核声明」への署名にはっきり拒否を示した方、署名はしたものの留保をつけた方もおられると聞いている。そこでこの声明にたいする率直なご意見を聞かせていただきたい。

回答者は百三十名、その全員の氏名が目次の最初にごく小さな活字で六段に分けてびっしりと印刷されているのだった。到着順でトップは今度も桑原武夫。

ざっと目を走らせていくと、意外にも富士正晴の名があった。「不参加ぐらし」のひとにはめずらしい。彼は「反核声明」には署名していないが、このさい何か言っておきたくなったのだろう。まずそのページを開いた。すこし詳しく紹介する。

自分は「声明」にあるように「核兵器による限定戦争はありえない」とか「核兵器がひとたび使用されれば（中略）全面核戦争に発展し、全世界を破滅せしめるにいたることをあまりにも明らか」とは思っていないし、また「すべての国家、人種、社会体制の違い、あらゆる思想信条の相違をこえて」ということも、今の日本のような暮しのいい国の中からものをいえば、こうも気楽な人の好いことがいえるのかと感心する。こんな声明を世界の指導者に送りつけるよりも「核戦争をやれるものならやってみろといってやる方がまだましだろう」云々。

非署名者からもう一人。

「さすがである。日本文学者にふさわしい声明である。反核を唱えていると核の方で逃げ出すというわけだから、コトバ信仰ここに極まる。コトダマのクニ・ジャパンならではのことで、めでたしめでたしである。」（以下略）（内村剛介）

めずらしく署名している里見弴はつぎのようにいう。「宇宙最後の日」は遠い未来にかならずあることだから、問題は「早いか、おそいか」にある。どちらが望ましいかは「各自（めいめい）の心次第」。

さて最後に、自分のことは棚に上げてとはいくまいから、私の意見も紹介しておくと。――声明文だから仕方あるまいが「全力をつくす、人類への義務、地球上のすべての人々、ただちに平和のために行動する」、こういった表現に羞ずかしさ、空しさを覚える云々と書いているのだった。

これ以後、いわゆるアンガージュマンにたいする文学者の態度に微妙な変化が生じたように思う。つまり「中立」の名の下に慎重あるいは臆病になったのである。

5

声明文や署名簿で丸くふくらんだ「すばる」を危うい足どりで雑誌コーナーにもどしに行くと、奥の方にビニール袋に入ったものが見つかった。何だろう。そっと持ち上げ、厚い綿ぼこりを硝子戸の外で払ってから中身を調べにかかった。

「風景」と「季刊文科」がそれぞれ三、四冊出てきた。懐かしい雑誌である。よくぞ残してあったと「風景」の一冊を手に取り、表紙を飾る風間完のパリの街々のスケッチをしばらくながめていた。

「風景」というのは一九六〇年十月から一九七六年四月まで約十六年間発行されていた月刊の文芸雑誌である。発行所は悠々会、発行人は田辺茂一。編集はキアラの会で、編集人は一、二年で交替した。後ろ楯は舟橋聖一で、従来の文芸雑誌よりも気楽で自由な、いわば趣味的なにおいのする雑誌だった。ページ数は六十ページほどで、毎号評論と随筆、対談、そして短篇小説を二篇載せていた。定価は四十円。そんな雑誌に私は三度、小説を書いているのだった。

最初は一九七一年五月号の「老人たち」。いま目次を見ると、私の作品は耕治人の「異変」と並んでいる。新旧二人を並べるのが編集方針だったようである。

その号の編集人は八木義徳で、編集後記でつぎのように書いていた。自分の編集は今号で終わり次号から北条誠に替わるが、おかげでいろいろ勉強できた。この仕事には「一種の平衡感覚と一種の俯瞰感覚と、それから〝時間〟が一番烈しく流れている部分と、それが一番ゆっくり動いている部分とを、同時につかまえるという一種の複合感覚が必要であることがよくわかった」と、なんだかこの作家らしくない難しいことがのべられているが、その八木義徳のお眼鏡に私の小説は適ったのか。

「老人たち」が掲載されてからしばらく経ったある日、私は上書きを毛筆でしたためられた封書を受けとった。差出人はと見ると北条誠で、用件は原稿執筆の依頼だった。和紙に達筆で墨書されたその丁重な文面に私は畏れ入った。北条誠の名前はもちろん知っていた。だがいわゆる大衆作家で、私には遠い存在だった。代表作も知らない。しかしひところ有名だった人で、戦後間もなく、〽とんとん、とんからりの隣組の主題歌で人気のあったＮＨＫの連続ラジオドラマ「向う三軒両隣り」の作者なのだった。

原稿依頼状の調子から、私はこの作家をかなり年配の「長老」と思いこんでいたが、じつは当時まだ五十代半ばなのだった。もっとも当時、五十代半ばはすでに「老」の部類に入っていたのだろうが。

その北条誠の依頼に恐縮しつつ私が書いた二十五枚ほどの「子供の情景」は、一九七三年三月号に載った。同時掲載作は川村晃の「母を食べる」。

毎号変わる表紙の絵（風間完のパリ風景）とともに私はこの「風景」という雑誌が好きになっていった。「新潮」、「文學界」、「群像」といった「老舗」よりも、このような小ぢんまりとした、そして「純文学」の香りのする同人雑誌的な小さな雑誌に書く機会があたえられたことを私は誇りに思った。

それからまた一年あまり経った一九七四年はじめ、私は三たびその雑誌から原稿の依頼をうけた。編集人はまた替わっていて野口冨士男だった。私は「初恋」というのを書いて送った（掲載は一九七四年の六月号）。いまその号の目次を見ると、和田芳恵の名作「接木の台」と並んでいる。こちらは黒地に白ぬきである。

思えば耕治人といい和田芳恵といい、わが愛する作家たちと私はこの小さな「風景」の目次で二度肩を並べるの栄に浴しているわけだった。

「季刊文科」の方は第一号から第三号まで三冊あった。その第三号に私の「夜の声」という四十枚ほどの小説が載っている。

「季刊文科」も「風景」に劣らず私には懐かしい雑誌である。これまで私は漠然とこの二誌はまったくの別物と考えていた。しかしこんどその第一号の目次を見ると、冒頭に「対談　雑誌「風景」の時代　八木義徳×大河内昭爾」と出ている。

早速目を通してみた。内容は主に八木義徳の文壇こぼれ話で、いささか期待はずれだった。それでも「風景」編集部の打ち明け話などは参考になった。八木義徳によると初代編集長は野口冨士男で、二代目が有馬頼義、その後吉行淳之介、船山馨、澤野久雄とつづき、八木義徳は六代目だそうであった。八木のときに私は最初の原稿依頼をうけたのだった。八木本人によれば彼には編集人の能力がなく、企画したプランはことごとく野口冨士男によって変更された。それで実際の編集長は野口といってよかった。ボス的存在の舟橋聖一は毎回編集会議に顔を出したが直接口を挟むようなことはしなかった。ただ執筆予定者のなかに気に入らぬ人物の名を見つけると、「僕はそれは嫌いだ」とひとこと言った。事実上の拒否権発動だった。しかし後にはもう何も言わなくなったそうである。

右の八木義徳との対談の相手役の大河内昭爾は、元武蔵野女子大の教授で学長もつとめたことのある文芸評論家だが、この季刊雑誌の代表として、創刊号の「編集後記」のなかで「創刊の意図」をつぎのように紹介している。

以前に「風景」という雑誌があった。「文学が文学として純粋に存在し、まだ輝いていた」昔を懐かしみ、その純粋な存在を受け継いでここに「風景」にかわって「季刊文科」を創刊する」と。つまりこれは「風景」の後継誌だったのである。なお、この「文科」という名称は、戦前（一九三一年）に牧野信一が井伏鱒二、小林秀雄、河上徹太郎、坂口安吾、三好達治、嘉村礒多らによびかけて創刊した「文科」(季刊)を受け継いだ由緒あるものである。なお編集委員は大河内昭爾のほか勝又浩、松本徹、松本道介、それに秋山駿、吉村昭が加わっている。松本道介までの四名は長年の「文學界」同人雑誌評の仲間。創刊は、平成八年（一九九六）七月、百三十六ページ、定価七百八十円。

さて第一号は前に触れたような対談のほか、創作が吉村昭「眼」と原口真智子「系統樹」。エッセイ数篇。編集委員たちの評論、そしてさらに創作二篇（いずれも同人雑誌からの転載）、そして最後に「名作再見」として木山捷平の「出石」が載っているのだった。今後、「名作再見」がこの雑誌の目玉となる。

第二号になって内容が充実してくる。ページ数も第一号の百三十六ページから百八十八ページにふえる。目次を見ると、「対談『往還の記』あとさき」で竹西寛子が大河内の相手として登場。創作欄には村田喜代子、多田尋子、久世光彦の名が並ぶ。

エッセイ欄に岩阪恵子の名をみつけた。「『小さな言葉』で書かれた立派な手紙」という長い題のエッセイである。『木山さん、捷平さん』の作者であるこのひとは、木山の妻みさをの母宮崎きよの手紙を紹介していた。文学青年だった木山の、娘みさをとの結婚の申し出にたいする承諾の手紙である。岩阪は島崎藤村がエッセイ「大きな言葉と小さな言葉」のなかで「小さな言葉」の大切さ、その力についてのべているのを引きつつ、みさをさんの母親の「小さな言葉」による手紙の立派さをたたえているのだった。「小さな言葉」の大きな力、これこそが文学というものであろう。

第二号の「名作再見」は石坂洋次郎の「金魚」。

さていよいよ第三号である。目次に目を走らせる。「対談」の相手は青山光二。テーマは「織田作之助・田宮虎彦そしてその時代」。

創作欄は二つに分かれ、はじめの方に黒井千次「空の風」と山田稔「夜の声」、後の方に木下順一「三輪車」と久家与儀「ラバンの死」。後の二作は同人雑誌からの転載で、「ラバンの死」は「VIKING」五〇四号から。久家与儀は、現在久坂部羊の筆名で書いている久家義之のペンネーム。

特集は結城信一。「名作再見」はその結城の「黒い鳩」である。

「黒い鳩」は二十四、五枚の短篇で、あらっぽくまとめれば、寺の屋根にとまった不吉な黒い鳩をきっかけにした七十五歳の二人の老人の愚痴話で、それはそれで面白いのだが、こんど二十数年ぶりに読み返して思わず笑った。その老人のひとりが金を下ろしに銀行へ行くと、コンピューターの故障で支払いができなくなっている。老人が窓口の女の子にどういうことかと訊ねると「私どもにはよくわかりません」と答える。そこで重ねて「コンピューターって、いったい、何だね」と訊ねる。

この「名作」が「風景」の昭和五十年十二月号からの転載であることに今回はじめて気付いた。たしかに「季刊文科」は「風景」の後を継いでいた。

私の「夜の声」の評判はどうだったのか。当時私の周辺には「季刊文科」に目を通している者はいなかったし私も口にせずにいた。

「夜の声」というのは、大学卒業が間近に迫っているのに就職先の当てもなく、病身の母親をかかえた青年が、文学と政治と性のはざまに行き悩む姿を私小説風に描いたものだが、湿っぽくならぬよう意識的に突き放したようなそっけない文体を用いた。いま読み返してみると、このパサパサした文章がむしろこころよく、出来はどうであれ、若き日の自画像として私には愛着のある一篇である。

この第三号の後、「季刊文科」は送られてこなくなった。発行先が長野県諏訪市に本社をおく鳥影社に移って発行が軌道にのるとともに寄贈は止めたのかもしれない。そしてそのまま私はこの雑誌のことをいつともなく忘れてしまった。

時が過ぎ、今年（二〇二三年）の初夏のころ、私は編集工房ノアの涸沢純平氏から「季刊文科」92号（夏季号）の表紙のカラーコピーと、「砦」というコラムのコピーを受けとった。「季刊文科」はまだ健在だったのである。

白地にコバルトブルーで「季刊文科」と横書きされた夏季号にふさわしいその表紙は、目次を兼ねていた。編集委員は創刊当時の勝又浩と松本徹のほかは顔ぶれが変わり津村節子、中沢けいが加わっていた。特集は「宗教と文学」で岸間卓蔵と富岡幸一郎の対談。「名作再見」はまだ残っていて、椎名麟三「骸骨」と武田泰淳「美貌の信徒」の二作。他に大江健三郎追悼として司修「悲しみもよく語る道化」。また新連載として柴田翔「遠き日々　映る影たち」と盛り沢山である。

ざっとそれだけ目を通してから、松本徹のコラム「砦」を読んだ。するとそこにはつぎのようなことが書かれていたのである。

卓上にほうり出されてある小冊子（「海鳴り」35号）の目次に眼が留まった。山田稔が耕治人と小田仁二郎について書いていた。「今年九十三歳になるはずの氏が健在であるのを知って、心強く思うとともに、氏や耕治人らが書いていた時代が、ありありと浮かんで来た。」

すると突然懐かしさがこみあげてきて、私は松本氏に手紙を書きたくなった。そう思いつつも住所を調べたり、他のことにかまけ忘れているうちに時が経ち、ようやく筆をとったのは猛暑のおさまらぬ夏のおわりのころだった。

私は「季刊文科」の最新号の「砦」欄を読むに至った経緯を説明してからこう続けた。貴兄もまた健在であることを知り嬉しく思った。そして久しぶりに創刊当時の「季刊文科」を取り出し目次をながめながら思い出にふけった。貴兄は三十年ほど前、私が第三号に小説を書いたことを憶えておられるだろうか。そのとき目次で私と並んでいた黒井千次氏や、またこの九十二号から連載をはじめている柴田翔氏もまだ健在だ。貴兄もどうか元気で編集の仕事をつづけてほしい――といったことを書きつづり、横浜の松本徹氏宛に送った。ポストに投函するとき、ふと私はどこか遠い過去に向けて手紙を出しているような奇妙な感覚におそわれた。

すると十日ほど経って返事がとどいた。過去は確実に応えてくれたのだ。年齢を感じさせぬしっかりした万年筆の筆跡だった。懐かしくなって、三十年ほど前の「季刊文科」を取り出してきて、貴兄の小説を読み返したとあった。そしてむかし読んだときはこれといった感慨もなく読み通したが、こんど読み返して「ひどく懐しく身にしむ思いがした」と書いてあった。思えば、私より三つ年下の松本氏は、戦後間もないころの貧しい学生生活を肌で知る最後の世代なのだった。

松本氏の葉書のあとを追いかけるようにして、諏訪市の鳥影社編集部から「季刊文科」93号（秋季号）が送られてきた。その雑誌の内容は前号の表紙のコピーからおおよそ想像していたものの、やはり実際にはちがっていた。分厚く、ずっしりと重い。約三百ページ、むかしの倍である。創刊以来二十数年、どのような変遷をたどったのか知らないが、いま目にするのはまったく別ものの感があった。

創刊当時あったコラム「砦」、これは健在だった。私がこの雑誌の目玉と考えていた「名作再見」もまだ残っていることはすでに92号の表紙を見て知っていた。ところが今号にはなかった。私の知る三号のあとには、どんな名作が「再見」されてきたのだろう。かつては木山捷平や結城信一の名作がここで再読できたのだが。……

「風景」にせよ「季刊文科」にせよ、純文学の殿（しんがり）をつとめているようなところが私は好きなのだった。いまそれを懐かしむのはもはや感傷にすぎまい、そうとわかっていながらも、私の思いは、銀行の女の子にむかって「コンピューターって、いったい、何だね」と訊ねる「黒い鳩」の老人の方へと引きもどされていくのだった。

追記

ここまで書いてきてしばらく経ったある日、書斎の別の片隅からあらたに「季刊文科」がごっそり出てきた。取り出してよく見ると、第4号から12号まで（7号は欠）八冊揃ってまっさらの状態で残っていた。前に第三号以後は送られてこなくなったと書いたのは誤りだった。第12号（一九九九年夏季号）は創刊三周年記念号で、おそらくこの号までは寄贈されていたらしいのである。頁数は毎号百五十頁。

その創刊三周年記念号に当る第12号の目次に目を通していくと「視点」という欄の「『日蝕』のいかがわしさ」(松本道介)というのが目にとまった。

あれっ、『日蝕』って何だったかな。まず頭にうかんだのはミケランジェロ・アントニオーニ監督の映画「太陽はひとりぼっち」の原題だった。そのことは、当時私がいかに当時の文壇の事情に疎くなっていたかをものがたるものだ。『日蝕』というのはその年芥川賞を受賞した平野啓一郎の小説で、その難解さ(文章をふくめて)で時の文壇の話題になっていたのである。

その問題の小説に、あるいは芥川賞選考委員たちに、松本道介が噛みついているのだった。彼はこう書いている。「『日蝕』は意識して難解に書かれた小説であり、この小説に〝読むよろこび〟を感じる読者はいない筈である」と。じつはこの『日蝕』論の前に松本は阿部昭を褒めており、その阿部との比較で『日蝕』を批判しているのだった。選考委員のひとり菅野昭正(東大教授、文芸評論家)は「人間の精神に内在するはずの聖性、崇高さを求める魂という主題が明晰に把握されている」と褒めているが、一体何のことだ、と松本はあきれる。現在の萎縮した言論の世界ではこのような批判、論争は行われなくなっている、それだけにいっそう松本道介の発言はおもしろい。彼はさらにつぎのようにつづける。

「それにホラー小説『日蝕』の一番の発明はかの一ページ半にわたる空白ではなかろうか。」

じつを言うと私は作者平野啓一郎が北九州出身の京大法学部の学生であることを知り、めずらしく「新潮」掲載時に読みかけたのだが、その文章にへきえきして中途で投げ出して、「一ページ半にわたる空白」のことはきれいに忘れていたのである。松本道介はつぎのように書いている。

「いったいこの空白が原稿用紙何枚分の空白なのか、作者は厳密な指定をおこなっているのだろうかとか、いったいこの部分の原稿料はどうなるのだろうかといった余計なことを考えたりもするようになった」と。

ここまできて私は笑った。松本さん、そこは『日蝕』だから仕方ないのではありませんか。そして笑いつつ、ここは松本道介の勝ち、と胸のうちでつぶやいたのだった。いまこんな批評が読めるのは、もはやこの雑誌しかないのではあるまいか。

追記がずいぶん長くなったが、最後に参考までに「季刊文科」の見どころの「特集」の作家名と「名作再見」で採り上げられた作品名のみを、第4号から第12号まで(第7号は欠)列挙しておく。

第4号　田宮虎彦、『会津白虎隊』。第5号　島村利正、『奈良登大路町』。第6号　上田三四二、『祝婚』。第8号　瀧井孝作、『山女魚』。第9号　小沼丹、『連翹』。第10号　檀一雄、『芙蓉』。第11号　上林暁、『晩春日記』。第12号　和田芳恵、『記憶の底』。

6

「風景」と「季刊文科」をそれぞれ袋におさめ元の場所にもどしに行き、ふと見ると、他の雑誌の間から何だか派手な色がのぞいている。

引っぱり出してみると辛子色の地に白ぬきで「思想の科学」、その下に「6月臨時増刊号　別冊集団の創造力」と横書きされている。発行は一九八八年六月。

目次をみて、鶴見俊輔ほか十名ほどの執筆者にまじって私が「『日本小説を読む会』憲法十カ条注釈(付・覚書)」という一文を寄稿していることがわかった。その前に鶴見俊輔「『VIKING』の源流――『三人』のこと」がある。「読む会」も「VI

KING」同様、「集団」のうちに数えられていたらしい。

編集後記は三人が執筆していて、そのひとりが長岡弘芳で、私に原稿を依頼してきたのはたしか彼だと思う。当時「VIKING」の同人だった長岡は「思想の科学」にも属していて、「集団の会」を代表して、この号にあとがき風の「集団論私稿」を七ページにわたって書いている。全体を「い」、「ろ」、「は」、……という短章に分け、文中自分のことをN氏と表記したりで、長岡らしい才人ぶりを発揮している。目を通していくと多田道太郎の名が出てきた。彼によると多田は「現代風俗研究会」の会員が数百名と大きくなりすぎて運営に困っている。多田は組織よりも例えば「読む会」や「VIKING」のような「座」の効用の方に興味があるらしい云々と。

長岡弘芳（私たちの間では「弘芳」はコウボウと読まれていた）。日焼けした小さな顔とひどく痩せた体（体重三十八キロ）、日ごろはハンティングをかぶり冬には首にスカーフを巻いて、早口で喋るどこかキザな男。鶴見俊輔を「ツルミ」と呼び捨てにしたり、富士正晴を「酔師」とふざけたり。「VIKING」に入ったり出たりをくり返し、主に詩を発表。東京例会では酔っぱらって「バッカ！」を連発、みなから嫌われていたようである。その一方で原爆の資料を集めていて『原爆文学史』、『原爆民衆史』などの著書もある。

彼はまた詩人でもあった。いやでもでなく本質は詩人だった。『すながの』、『花と虫　猫や人』などの詩集がある。私は彼の詩が好きだった。

久しぶりに『すながの』を取り出してみた。小さ目の判型で、題字・富士正晴、装釘・阿部慎蔵、版元は菁柿堂（社主・高橋正嗣）――「VIKING」同人丸抱えである。

富士正晴の題字は、うすねずみの地にかすれ気味の筆で横書きされている。カバーの画は、原稿用紙の枡目のうえに青い線描で、向き合った二匹の猫とその下にもう一匹を描く。長岡は猫が好きだった。

表紙を開くと扉の前の白紙に、ほぼ五センチ角の紙片が貼りつけてあった。長岡の字で、

「ごめんよ／太郎次郎三郎／ごめんよ／花子於菊お千代」

と書かれ、最後に「長岡弘芳」と朱印がおされていた。この詩句はこの詩集の最後におかれた「かくれんぼ」の第一連で、私も好きな詩であるから、あらためて「かくれんぼ」の全篇を書き写す。

ごめんよ
太郎次郎三郎
ごめんよ
花子於菊お千代

お前たちに逢ったのはいつどこで
その時私は何をしたのか

ごめんよ
つかの間や半日
私と遊んでくれたみんな
日暮れ時のかくれんぼのように
いつともなく闇に消えていった仲間たち
顔かたちも声音も

もうまるでおぼろなのだが
晩秋の野面（のづら）がそこだけ明るんで
ほら　私たちが声をあげている

長岡はながらく躁鬱病に悩まされていた。「おおかたウツ時代の報告のアラカルト」であるこの詩集の「あとがき」のなかで、彼はつぎのように書いている。

「「ウツ」の期間、私はどうにかして楽になりたいと願い続けた。自死することは自分に禁じた過去の経緯があって、せめてそれだけは守るべく日々をやり過ごすことが、毎日の目標の如きものだった。」

「ウツ」のときは知らない。しかし躁のときは才気煥発、話がじつにおもしろく、私は上京のさいに会って酒を飲んだり、また文通するほどの仲でもあったのである。そんなとき彼は二つ年上の私を「おまえさん」とか「スカロトよ」などとよんだ。いま思い出したが、彼は私の『ヴォワ・アナール』の書評を図書新聞だったかに書いたりもしてくれたのだ。

ある年（調べてみると一九八九年だとわかった）の五月、上京中の私は国電目黒駅前のバス停でばったり長岡と出会った。「よう！」と彼は躁特有の明るく弾むような声を上げた。偶然といえば偶然だが、じつはその日の夕方私たちは二人とも、近くの中華料理店で阿部慎蔵夫妻や、やはりたまたま上京中の福田紀一をまじえて会食することになっていて、私たち二人はそこへ向う途中だったのである。

その晩、長岡が食卓で「バッカ！」とは叫ばなかったとしても「カッカ、カッカ、カッカ」と笑い、喋りに喋って一座のひんしゅくを買ったのではなかったか。

それから三カ月後（八月十四日）に彼は自宅でみずから生命を絶った。五十七歳だった。

新聞に小さく訃報がのった。ハンティングに眼鏡をかけた顔写真付きで。見出しには「原爆活動家の長岡さん自殺」（「毎日新聞」）、「原爆問題で活動の長岡弘芳氏が自殺」（「京都新聞」）と出ていた。どちらも「詩人」であったことにはひとことも触れていなかった。

その同じ月八月に出た「ＶＩＫＩＮＧ」（四六四号）に長岡の「小詩集　死者のいる風景」が載っている。「二十三回忌」と「夢の行列」のわずか二篇から成るちょうど一ページにおさまる「小詩集」だが、これが長岡弘芳の絶筆となった。

いま思い出した。彼の死後何年か経ったころ、ある日ふと長岡弘芳のことを思い出した私は、彼からもらった手紙（大半は絵葉書）を探し出し読み返したことがあった。そのうちの一枚は、私が彼に頼まれて詩集『すながの』を天野忠さんにとどけたことへの礼状だった。それがきっかけで私は長岡弘芳を偲ぶ文章を書きはじめたが、何枚か書いたところで行き詰まり、そのままになっていたのだった。いまその償いとしてこれを書いている。

長岡弘芳のことは鶴見さんが短いながら書き残してくれている。鬱と躁との間をはげしく上下していた彼の苦しみを解っていながら「助けにふみこまなかった」ことが悲しいと書いた後、つぎのようにつづける。

「『原爆文学史』、『原爆民衆史』などの作品を彼はのこした。その着眼は、彼のおさないころからの境遇につちかわれた惻隠の情に発する」。そして「すながの」という詩の題の由来（流行歌『妻恋道中』の唄い出し「投げて長脇差永の旅」）をふまえつつ次のように結ぶ。

「惚れた女房に三下り半を投げて長ドス長の旅……」というわれらの時代の流行歌の

なかにひそむ「すながの」は、彼が自分の生のあいだに、他者の生のうちにみようとして、見ることにしばしば成功したなにかだった。」

(「長岡弘芳――『すながの』について」)

鶴見俊輔『悼詞』所収(二〇〇八年、編集グループSURE)

死後、遠丸立・渡辺一衛共編『さあ馬にのって 長岡弘芳遺稿集』(一九九四年、武蔵野書房)が出た。詩と評論、エッセイから成る。最後にそのなかから「無題」という詩一篇を選び、遅ればせながら詩人長岡弘芳(こうぼう)を悼む言葉の結びとする。

「えーくずい」
「ええーおはらい」
初夏の微風(そよかぜ)が心地よい
空荷のリアカーに自分をのせる
「えーおはらい」
「えーくずい」

ずいぶん道草をくった。「思想の科学」はもうこれでおしまいにしようと、何気なく最後の広告のページを開いた。すると一頁大で「熱い夢／冷たい夢／黒川創／インタビュー集」と四行に分けて、ひと目で平野甲賀とわかる書体で書かれているではないか。

あ、黒川、このころ（一九八八年）もう、こんな本を出していたのか。インタビューの相手は矢野顕子、赤瀬川原平、天野祐吉、平野甲賀ら十名。後にすぐれたインタビュアとなる黒川創、当時二十代のおわりごろだったはずだが、梅棹は双葉より芳し、いや二十代おわりならもう双葉でもあるまい、などと考えながら左のページに目をやると、今度は「みみずの学校」と出ている。作者は高橋幸子。私は後にこのひとと、彼女の編集・発行する「はなかみ通信」で親しくなるのだ。黒川創にしろ高橋幸子にしろ、当時はまだ名前すら知らなかった人たちと二人そろって出会う。こういう思いがけぬ楽しみがあるから古雑誌めぐりは止められない。

7

この遊びにもさすがに疲れ、もうそろそろお仕舞いにしようと、取り出してきた何冊もの雑誌を元の場所にもどしにかかった。元の場所といっても、それがどこだったかもう判らなくなっている。他の雑誌をあちこち移動させて空きをこしらえるしかない。

二、三冊持ち上げたとき、その下から単行本が現われた。『彼方の水音』、あれ、高橋たか子、こんなところに埋もれて。その下からつぎつぎと。『骨の城』、『双面』、そして堅い函におさまった『空の彼方まで』の計四冊。だがこれは雑誌ではないからといって素通りするわけにはいかないだろう。

雑巾で埃と汚れを拭き取ってから机のうえに運び、まず『彼方の水音』を開いてみた。表紙カバーも、折り返しも、とびらも真黒（カバーには中央に小さく白が入っている）で、そのとびらの裏の白いページに「山田　稔様／高橋たか子」と、万年筆の字で大きく書かれていた。ほっそりとした体つきに似合わぬ紙面一杯を使った闊達な筆跡で、これは他の三冊とも変わらない。

ここで高橋たか子の思い出をはじめると、またまた脇道、枝道に逸れて片が付かなくなる。しかしこの機会をのがすと、もう二度と彼女のことを書くこともないだろう。

以下なるべく簡単にふれてみる。

高橋たか子（当時は岡本和子）は大学で私の一年下だったが、卒業後は「ヌーボーの会」で親しくなった。そのころから作家志望だった私たちは互に意識し合っていた。フランソワ・モーリヤック、とくに『テレーズ・デスケルウ』が好きなのも共通していた。後に同時に芥川賞候補にあがったこともある。文学的傾向は異なりはするものの同期生意識はつよく、著書もやりとりした。こうした交友関係は、高橋和巳の『悲の器』受賞を祝う会をめぐるいざこざで高橋夫妻と「VIKING」同人や京大関係者との間が冷えこんでからもつづき、私はその後も著書を贈られ文通もつづけていた。

いま手許に彼女の第一創作集『彼方の水音』（一九七一）についての私の読後感にたいする礼状が残っている。私が作中人物のしゃべる東京言葉の不自然さを指摘したのにたいし、彼女は自分は京都人なのでそうなるのだろうと答えている。また、かつて外国文学を読んでああだこうだと論じていたことが、さて実際自分が書くとなると実に難しいとも書いていた。そして東京に出て来る機会があれば電話してはしい。出かけて行くからと結ばれていた。当時彼女は夫の和巳とともに、鎌倉の二階堂に住んでいたのである。

その後、東京でいちど会ったことがある。彼女は京都は文学にたいし冷たい、東京には埴谷さんや坂本（一亀）さんのように小説を書け書けと熱心に励ましてくれるひとがいる、山田さんも東京に出てきたらどうか、といったことをしゃべった。しかし私は熱くなれずにいた。

最初のころ、高橋たか子の描く「憎しむ女」に興味をいだいていた私も、しかしやがてそのはげしい優越意識を疎ましく感じるようになった。というか、そもそも彼女の書く観念的な小説が私の肌に合わなくなったのだ。そしてあるとき彼女の著書を書評したさい、つい気に障るようなことを書いたらしく、そのせいかどうかは知らないが以後彼女との間は疎遠になった。それでも彼女がフランスの修道院に入ったこと、やがて帰国して執筆活動を再開したらしいことくらいは知っていた。その後もう忘れていたころ、新聞紙上でその死を知って（二〇一三年七月）、私のこころは意外に揺れ動いた。ああ、高橋たか子も死んだか。……人生観、文学観のちがいはどうであれ、戦後の困難な一時期、文学の世界で同じ釜の飯を食った数少ない仲間として、私は高橋和巳同様、高橋たか子にもなんというか、屈折した友情のようなものをいだきつづけていたのである。——とこう書きたくなるのも、若き日への郷愁のせいだろうか。

死後数年たったある日、私は京都の丸善の棚でたまたま高橋たか子の『最後の日記』という本を見つけた。版元がみすず書房というのも珍しく、手に取ってすこし拾い読みした。そこには相変わらず強烈な優越意識、劣等者へのはげしい嫌悪と侮蔑、気恥ずかしくなるほどのフランス文化（人）礼讃などが吐露されていた。「憎しみの文学」の作家は最後まで健在だったのだ。フランスの修道院に二年間だったかこもって修行したカトリック信者の、これが最後の言葉かと畏れいりつつ、私はあわてて本を棚にもどした。

*

さてその高橋たか子の四冊をいかに処すべきか。くりかえすが、本棚はどこも一杯である。だからといって、元の埃まみれの古雑誌の山の間にもどすのはあまりにも薄情な気がする。

私は床に坐りこんだまま棚を見上げた。すると上の方、ちょうど頭上にあたる奥の方の棚に、高橋和巳の作品その他、高橋関連の本が並んでいるのが目に入った。そうだ、比翼塚は大げさだが、和巳のそばにたか子、晩年はいろいろと問題があったらしいこの夫婦だが、彼女の著書を置くには絶好の場所にちがいない。さいわい、全十巻から成る『高橋和巳作品集』の列の上には、棚板との間にちょうどたか子の四冊を寝かせて押し込めるほどの空きがある。

私は立ち上り、精一杯背伸びしてそこに押し込もうとした。ところが奥の方に雑誌が差し入れてある。取り出してみると「文芸」だった。臨時増刊「高橋和巳追悼特集号」（一九七一年七月）。

いやあ、またこんなものが出てきた。偶然とはいえ、なんだか高橋たか子の霊に導かれてここに到ったような不思議な気がした。

手に取ってじっくりと表紙をながめた。長らく日蔭というか薄暗い片隅に置かれていたせいで、古びては見えない。色も鮮明である。

表紙の上三分の一ほどがオレンジ色で、そこに濃い紫色の横書きで太く「文芸」と、その横に白ぬきで「臨時増刊」の文字、その下に「高橋和巳追悼特集号」と濃い紫色の横書きで。表紙の画は、焦げ茶と朱をバックに女性の顔が二つ、たてに重なるように濃い焦茶色で描かれている（表紙絵　中本達也、表紙構成　亀倉雄策）。

さまざまな思い出の詰まった、しかし何年ものあいだ忘れていたこの雑誌を手に私は机にもどった。

表紙をめくり、折りたたまれた目次の次のページに目を移すと、「高橋和巳の三十九年」とあって一頁大の高橋和巳の上半身の写真が現われた。背景に「封鎖貫徹！」などの立て看板が映っている。キャプション文に「昭和44年8月、大学構内で。『わが解体』執筆のころ」とある。黒っぽい背広に縞のネクタイをきちんと締め、両手をうしろに回して。黒々としたゆたかな髪、どこかはるか遠くを眺めているようなやさしい眼差し。少々疲れているようだが、顔つきはしっかりしている。まさに高橋和巳である。

以下十二ページにわたるグラビア、高橋和巳アルバムがつづく。幼少のころの家族写真、学生時代（友人たちと。そのなかに岡本和子の少女のような姿も）、「VIKING」同人のころ、和子とその実家で寛ぐ新婚時代、文芸賞授賞式、作家時代、そして葬儀会場、会葬者の列（千人をこえ会場の外に長蛇の列ができたという）。おしまいに顔を真横からクローズアップした写真。鼻梁の線がすっきりと美しく、目を閉じているのでデスマスクのように映る。「昭和45年11月、最後の写真」とある。下に小さく

『邪宗門』の原稿の写真。

葬儀会場の写真に目をもどす。会場にむかってやや左前方から参列者の最前列を撮ったものである。その列に並んでいるのは弔辞を読む人たち——。手前、つまりむかって左から順に埴谷雄高、吉川幸次郎、桑原武夫、近藤龍茂、野間宏、杉本秀太郎、小田実、いずれも私の知っている人たちである。近藤龍茂は高橋の高校時代の親友。葬儀委員長の埴谷雄高は目を閉じている。桑原と近藤はカメラが気になったのか、すこし横を向いている。

ひときわ目立つのが杉本秀太郎である。左手を右腕のうえに重ねるような姿勢でカメラとは逆の、ななめ上方を見上げているのだ。まるでそっぽを向いているように見える。

当時はどうだったか知らないが、いまあらためてながめると奇妙に映る。似たような構図の写真は他に何枚もあったはずなのに、故意にこの一枚を選んで載せたかのように。……

杉本は私たち友人を代表して弔辞を読んだのである。「弔辞読まされるんや」。困惑した声と表情で打ち明けられ、「断ったらいいのに」と私が言うと「それがなあ、高橋たか子に頼まれてね」――こんなやりとりがあったのを思い出す。

『悲の器』で一躍有名になって上京するまでは、杉本は高橋と仲がよかった。しかしその後、高橋の書くものを受けつけぬようになった。それ以上に高橋たか子（の小説）を嫌った。そのことを知ってか知らでか、彼女は杉本に頼んだらしいのである。

誌上、本文冒頭に七つの弔辞が載っていた。最初が高橋の恩師吉川幸次郎、つぎが桑原武夫。他の人はひとり二ページだが、桑原さんのだけが三ページある。吉川さんを意識したわけではあるまいが、「私はいま高橋君の業績をあげつらう気持になれません。ただ、『命矣夫。斯人也而有斯疾也。斯人也而有斯疾也。』*というだけが今の私の感情であります」と『論語』を漢文で引用し、それでもいくらか中国文学研究者としての高橋の才能をあげつらった後、最後にふたたび同じ漢文の引用で締めくくっているのだった。漢文のところ、桑原さんはどう読んだのだろう。

*「命なるかな、この人にしてこの病あること。この人にしてこの病あること。」

弔辞のいちばん最後は松江高校同級生代表のもの、そしてその前に杉本秀太郎のものがおかれていた。

いかにも杉本らしい修辞に飾られた「告別の辞」のおわり方で、彼はつぎのようにのべている。

若いころ高橋の勤めていた立命館大学の夏期講座を自分は傍聴したことがあった。そのさい、一羽のみずみずしい揚羽蝶が会場にまぎれこみ、窓ぎわの机の上に翅をゆっくり開いたり閉じたりして、長く飛び去る気配をみせなかった。後で高橋にたずねてみたが、彼はその蝶のことに気づいていなかった——と昔をふり返り、こう語りかける。

「僕は、今となっては、単純な、しかも単純さによってそのまま美しい謎でもあるような、自然な夢が、君に訪れていることを願わずにいられない。高橋君、ぜひ君はそんな夢を見ていてくれ。これが僕のお別れのことばだ。」

そして行をかえて、「むかしの友達の一人として/亡き高橋和巳君に」と結んでいるのだった。

そのほか目次に目を走らせると、社会学者の作田啓一、「VIKING」の福田紀一らが追悼文を書いていた。いわゆる第三の新人の作家は誰もいないだろうと思っていると遠藤周作の名前があった。しかし彼は高橋和巳でなく、たか子の友人として書いているのだった。目次の終りちかくに黒地に白ぬきで「遺稿　遙かなる美の国――序章」とある（約七ページ）。

これ以外に目ぼしいものとして「《座談会》高橋和巳・文学と思想」（出席者、大江健三郎、小田実、中村真一郎、野間宏、埴谷雄高）と、高橋和子「臨床日記」がある。

少々余談になるが、この座談会で大江健三郎は大学進学にさいし、東大仏文か京大中文かで迷っていたと語っている。そして仏文科に進学してからも、京大中国文学科で魅力的な論文（高橋和巳の李商隠論、荒井健の李賀論）を発表している秀才たちにあこがれていた、と。

高橋和巳は一九七〇（昭和四十五）年四月に入院、検査の結果結腸に癌が見つかり、手術。その後一時回復したが十二月に肝臓への転移が判り再入院する。高橋和子の「臨床日記」はその十二月二十一日から翌年五月三日の死までの毎日の、こまかな観察をまじえた詳細な記録である。

見舞いに訪れた師の埴谷雄高から、どん底にいても百分の一の頑張りさえあれば大丈夫だ、と励まされてよろこぶ高橋和巳。死の一月ほど前、たまたま東京にいた私は河出書房新社の坂本一亀から高橋の病状を知らされ、見舞いに行くなら案内する、面会謝絶だがきみなら大丈夫だろうと誘われたが辞退したのだった。すでに疎遠になっている者がいまさらのこのこと見舞いに顔を出すのは、死期の迫った病人にたいしてかえって失礼ではあるまいか、そんな気遣いをしたのである。

「文芸」の高橋和巳追悼特集号は大いに売れた。初刷六万部、十三、四万部まで増刷されたという（佐久間文子『「文藝」戦後文学史』二〇一六年、河出書房新社）。この記念すべき号に実は私も執筆しているのだった。それが目次の中央よりやや左に、別扱いされているのを私は見なくても憶えていた。「失われたユートピア——もうひとつの解体　山田稔」。

このときの事情はすでによそでも書いたので、以下簡単にのべるにとどめる。葬儀の後、「文芸」編集長の寺田博から、高橋和巳の文学を批判する評論を二十五枚書いてほしい、いまそれが書けるのは山田さんしかいないのだからと頼まれた私は、日ごろ世話になっている編集者からの依頼だけに断りきれず、つい引き受けてしまったのだった。締切りが迫っていて、京都ホテルの一室にカンヅメになった私は泥縄式に高橋のものを読み直し、とにかく二十五枚書き上げた。

私は主につぎのように述べた。——肩をいからせた漢文調の、政治的雄弁に近い文体に装われた高橋和巳の文学は「わが解体」にみられる文学観の変化のきざし、志賀直哉(「城の崎にて」)、島木健作(「赤蛙」)にはじまり尾崎一雄に至る私小説・心境小説の再評価によって自己解体に追いこまれるだろうと。

書き終ったときの後味のわるさは今も忘れられない。とにかく高橋和巳を批判しなくてはならない、それも二十五枚で、という束縛が私から自由を奪っていた。十五枚ほどで済むところを、引用をふやして長くした。そのうえ皮肉なことに、短時間に高橋のものをまとめて読み返したためその影響をうけて、私自身の文章がところどころ高橋調になっているのだった。

この高橋文学全否定に近い評論はどのように受けとめられたか。編集長の寺田博からは感謝され、杉本秀太郎からは「あんでええよ」と言われた。しかし総じて「シラけた」というところだったのではないか。

ひとつ、忘れられないことがある。

この「文芸」が出てしばらく経ったころ、桑原先生からこう言われたのだ。「友人の追悼文にしては冷たすぎる」と。追悼文のつもりではなかったので心外だった。

この一言は評論の内容を批判されるよりも応えた。冷たすぎる？ だがこれを書いている間、私もまたむかしの友人の一人として、かつて酒を酌み交わしながら文学を論じ合った仲間のひとりとして、筆を進めたつもりだったのである。

話がとぶが、もうすこしつづける。

それから十年あまり経って私の『コーマルタン界隈』の受賞を祝って友人たちが開いてくれた会の席上、挨拶に立った桑原先生が、この作品はなかなか上手に書いてあるが、日本の伝統の心境小説みたいなところがあってそこが気にくわない。自分としてはもっと思想的骨格のしっかりした長篇を書いてほしかった――ざっとこのようにのべた。私はとっさに、桑原さんの頭のなかには高橋和巳があるのだと思った。そしていまになって気づいた。私の高橋和巳論でいちばん桑原さんの不興を買ったのは「冷たい云々」もさることながら、じつは私が高橋和巳を過去に引きもどそうとしている後ろ向きの姿勢、自分の教え子の不甲斐なさだったのではないかと。先生は私たちが学生のころ、志賀直哉の人格はべつとして志賀に連なる私小説、心境小説をきびしく批判していたのだった。

いま立ち止まってかえりみるに、私は師の教えに背きつつもそれを片時も忘れることなく、ここまで書いてきたように思われるのである。

あれこれ思い出しながら、私は今さら読み返したくもない自分の評論の、せめてタイトルだけでも確かめておこうと、その頁を開いてみた。と、そこに一枚の私宛ての葉書がまるで栞のように挟みこまれているのを発見したのである。差出人はと見ると松田道雄とあった。消印は昭和四十六年六月七日。「文芸」増刊号の私の評論を早速読んでの感想で、ブルーのインクの万年筆でつぎのようにしたためられていた。

高橋君のことはみながいろいろ書いているので自分も彼の小説をすこしは読まなければわるいなと重くるしい宿題を背負わされているような気分だったが、あなたの文章を読んで「まあ、読まんでもええわ」と宿題をかんべんしてもらったような気分になった。自分が考えていたことを全部まとめてもらった感じだ。――このようなことが書かれていて、最後に残されたわずかな余白にカッコをして「註」が三行に分けて「(あまりりっぱな評論をかくと小説がへたになりますぞ)」と追記されているのだった。

この葉書のことはすっかり忘れていた。当然、これを読んだときの感想もまた。だが慰められ勇気づけられたであろうことに間違いない。日ごろから尊敬している人からの言葉だけにいっそう嬉しく思ったにちがいないのである。

この「失われたユートピア――もうひとつの解体」を、私はその二年後に朝日新聞社から出た最初の短文集『ヴォワ・アナール』に、他の高橋の思い出をつづった三篇とともに収めた。自信を取りもどしたからではなく、そうでもしなければ本の体裁がととのわないからだった。

そのなかの一篇「死者はいつまでも生きつづける」は、高橋和巳の死後一年を記念して京都大学新聞から頼まれて書いたものだが、そこで私は『わが解体』に収められた最晩年のエッセイから聞こえてくる悲痛な声に耳を傾け、高橋に寄り添うように筆をすすめているのだった。

そして何年か後には私もまた、永田和宏の歌

　高橋和巳を知らぬ世代を引きつれて酒を飲むことさびしくもある

に共感をおぼえるようになる。

『ヴォワ・アナール』が出るとしばらくして東京新聞に小沢信男による書評がのった。そのなかの、「失われたユートピア」に関するくだりはすでに詳しく紹介したとおりである。そこにはつぎのように書かれていた。

「高橋和巳という悪酒をじっと口にふくんで辛抱している、その図にあるストイックな感動がある。」と。

その言い回しのたくみさに感心しつつ、私はこれでやっと胸のしこりのとけるのをおぼえた。

8

私がそれまで作品を発表してきた東京の文芸雑誌の編集者たちはその後、定年退職したり他の部署に移ったりして私とのつながりは薄れ、あるいは絶えた（「海燕」は廃刊）。そのなかで「新潮」だけは引き継ぎがうまくいって坂本忠雄、小島喜久江の後、柴田光滋、風元正の両氏が私の担当になってくれていた。その間、一九八〇年代後半から九〇年なかばにかけて「再会」、「告別」、「女ともだち」、「リサ伯母さん」、「サツコの日」の五篇が同誌に掲載された。

私が文芸雑誌に小説を発表していたのは主に一九七〇年から九〇年半ばにかけてのおよそ二十五年間のことで、それ以後は絶えている。「小説」を書かなくなったからである。最後は何だったか調べてみると「雨」がそれで、「新潮」の二〇〇三年五月号であることがわかった。その前が「夜の声」（「季刊文科」、一九九七年九月）と「おとずれ」（「一冊の本」、同年十二月）であるから、「雨」はじつに六年ぶりということになる。

その、私にとって記念すべき号の「新潮」が、いま探したところでは見つからない。ところが探している最中、ふと分厚い「新潮」（昭和六十三年七月特大号）が目についた。背に黒々と「第一回三島由紀夫賞発表」と出ていて、その上方の余白に薄れた赤い字で何か記入されている。よく見ると「竹林童子……」とある。あ、島さん。

急いで目次を開く。左側に明かるい青の地に白ぬきで「竹林童子失せにけり　150枚　島京子／「VIKING」に執し、天衣無縫に生きた富士正晴の実名小説」と。

ついでにざっと目次に目を走らせると、「新潮」というエッセイ欄に私が「慈父のように」という文章を書いているのが見つかった。これはその年の四月に亡くなった桑原武夫先生への追悼文である。富士正晴は前年の七月に死去していたから、島京子の「実名小説」は、それにたいするいわば長い追悼の文といってもいいだろう。同じ雑誌に同じ「VIKING」同人の島京子と私がそれぞれ追悼文を発表していた、そのことを私はすっかり忘れていたのだった。

富士の死後、一挙に書かれたというこの島京子の実名小説は雑誌では五十ページ足らずであるが、後に編集工房ノアから他の短篇八作を加えて一冊の単行本として刊行された。富士正晴と島尾敏雄の人柄を辛辣な目で観察し描き出していてじつに面白い。当時のことをあれこれ思い出しながら、久しぶりに読み返した。最後のところ、富士の死後二週間ほど経って、「VIKING」最古参の松本光明が同人を代表して、京都の病院に入院中の静栄夫人にお悔やみとお見舞いを兼ねて面会に行く。二人は故人の悪口を言い合って笑い、ときに涙ぐむ。

もどって来て松本光明は島京子にこう告げる。

「『(……)そいでな、結局、奥さんが言うたんはな、何十年、連れそうとっても、どんな人なんか、さっぱりわからん人でした、と言うことや。』

へへへ、と、どこかで富士正晴が笑っているように思えてならなかった。」

小説はこのように終っていた。

話がまた横道に逸れるが、ついでにこのときの第一回三島由紀夫賞について書き加えておきたい。

受賞作は高橋源一郎の「優雅で感傷的な日本野球」。他の候補作は「ゼウスガーデン衰亡史」(小林恭二)、「未確認飛行物体」(島田雅彦)、「キッチン」(吉本ばなな)、「ナチュラル・ウーマン」(松浦理英子)、「雛の棲家」(佐伯一麦)、「風葬の教室」(山田詠美)、その他四篇。

選考委員は江藤淳、大江健三郎、筒井康隆、中上健次、宮本輝の五名。選評での各委員の忌憚のない発言がおもしろい。まだそのころは言論は自由だった。いちいち紹介したいがそうもいかないので一つだけ。「優雅で感傷的な日本野球」に比べれば島田雅彦の「未確認飛行物体」などは「早くも文壇的な手垢に汚れた徴候が顕著で、野心ばかりがギラつき、ほとんど読むに堪えなかった」と。これ、誰でしょう。——江藤淳でした。ただひとりこの島田作品を推しているのは？　——大江健三郎。

さて本題の「雨」の話にもどる。

何年も前からアルフォンス・アレーのコントを訳していた私は、あるとき彼の評伝のようなものを書くことを思いついたのだった。

一九七七年から七八年にかけて私が暮らしていたパリのコーマルタン街の下宿からは、アレーの生れ故郷のオンフルールへ向かう鉄道の始発駅サン゠ラザール駅が近かった。また私が毎日行き来する下宿の前の通りには、アレーの葬儀が行われたサン゠ルイ・ダンタン教会が建っていた。このようにアルフォンス・アレーは作品のテキストのなかだけでなく、その生きた気配が私の身近にまだ色濃く残っていたのである。つい数十年前までこの同じ街を行き来していたはずのアレー、私の下宿の入口の前を通りすぎる彼の猫背気味の長身の姿、むっつりと不機嫌な顔の表情などを想像しながら、評伝を書くとしたらどのような情景からはじめようか、などと空想を楽しみながら私は時をすごしたものだった。

結局、その「評伝」は着手されることもなく夢におわった。しかしその夢、あるいは夢のかけらはその後もずっと私の胸の片隅に生きつづけていたのである。

それから何年も経ったある日、私はレイモンド・カーヴァーの仏訳された短篇

集 *Trois roses jaunes*（「三輪の黄色い薔薇」）というのを読んだ。表題作は、ドイツの山地バーデンヴァイラーの保養地のホテルでのチェーホフの最期を描いたものだった。* ここでカーヴァーは年譜的事実を織り込みつつチェーホフの生涯をたどり、最後の場面をフィクション化して描いている。

＊後に私はこのカーヴァー最後の短篇が『Carver's Dozen レイモンド・カーヴァー傑作選』（村上春樹編訳、中公文庫）に収められているのを知った。原題は *Errand*（「使い走り」）。

これがヒントになって、私もまたアレーの生涯を年譜的にざっとたどった後、彼と親交のあった『にんじん』の作者ジュール・ルナールの目を通してアレーの日常を紹介しようと考えた。そしてその後半では、サン＝ラザール駅近くのホテルの一室で脚の静脈炎のため寝たきりになっているアレーの姿と、彼の死後、カフェでひとりアレーを偲ぶルナールの胸のうちなどをフィクションとして描こうとした。

書いているうちに「雨」という題が自然にうかんできた。この題名に導かれるようにして、胸中につぎつぎと情景がうかんできた。

雨の降る日、無理をしてホテルの部屋を出て、階下のカフェでアプサントを飲みながら故郷オンフルールの両親に手紙をしたためるアレー。彼の死後間もなく、やはり雨の降る日にその同じカフェを訪れたルナールが坐った席が、偶々アレーが最後に坐ったのと同じ席であったこと。彼が最後に飲んだのはアプサントだったとボーイに教えられ、ルナールも同じものを注文する。それにつづけて、何かジョークでもと期待して耳を傾けるボーイにむかって、

「アプサント、それだけ」と彼は言った。

こう最後の一行を書き終えたときの不思議な気分、それはいまも忘れることができない。長年の宿題をこんな形でだがやっと爲し終えたという安堵感。いや、それよりももっと大きな解放感——何か憑きものが落ちたというか、逆に自分の方が何かから脱け出したような自由な感じ、その「何か」とは「小説」という固定観念のようなものらしかった。もうこれからは形式にとらわれず自由に何を書いてもいいのだ。そんな、なにか清々とした気分が胸中にひろがるのをおぼえた。いま思えば、初心にかえったということだろう。

この作品を読んで、日ごろ私の書くものにめったに意見をのべない妻が「雨、上っ

たね」と言って笑った。

これを始め、そして書きおえたのは何時ごろだろうと、おおよその見当をつけて二〇〇二年の日記帳に目を通してみるがなかなか見つからない。十月十七日のところまできてやっと、

「七十二歳の誕生日。アレーの最期を描いた短篇、題を「雨」と決める。ひとまず書きおえる。」

とあった。ただし何時着手したかは結局不明のまま。

書き終えた後、しばらく寝かせて手を加えたりしてからコピーをとり、やっと「新潮」の風元氏に送ったのは翌二〇〇三年の一月九日。一週間後の十六日に彼から電話あり、ほめられている。そして翌月はじめにゲラがとどく。

「雨」は予定どおり五月号に載った。新聞の文芸時評などで取り上げられたかどうかは憶えていない。私自身そうしたものに関心がなくなっていたのだろう。そう思いながらなお日記のページをめくっていると、産経新聞（五月四日）の文芸時評で荒川洋治が取り上げていて、その切り抜きが見つかった。褒めてはいない。作者はアレーという自分の知っている作家のことを年譜をたどるように書いているだけだと。

これは心外だった。しかしもうどうでもよかった。私にとってはもう「雨、上った」なのだった。

＊以上のことは、私の『何も起らない小説』（二〇〇六年、編集グループＳＵＲＥ）のなかで語ったことを一部重視することを断っておく。

9

雑誌の話題はこれでほぼ尽きたが、「日記」に逸れたついでにこのままもう少しつづける。

「雨」を書いていたころ、すなわち二〇〇二年から二〇〇三年にかけて、私の日課はさきにふれたフィリップのコントを訳することと、尾崎一雄の厖大な『あの日この日』と『続あの日この日』を筑摩書房の『尾崎一雄全集』で毎日少しずつ読みすすめることだったようである。その一方で二〇〇三年の一月十五日には、世界反戦デーのピースウォークに参加、三条河原から市役所前広場を経て円山公園にいたるコースをデモ行進したりしている。ベトナム反戦デモ以来の、四千名をこえる市民が参加したという。

当時私は七十三歳。それでもデモと聞けば血が騒ぐ、それくらいの気の若さ（と体力）は保っていたらしい。

ところで。

日記のその日のページに新聞の切抜きが貼ってあるのが目にとまった。朝日新聞（夕刊）の四コマ漫画「地球防衛隊のヒトビト」（しりあがり寿・作）である。あのとんがり頭の夫と丸顔の妻が反戦デモに参加するが、恥ずかしくて大声で「戦争ハンタイ！」と叫べない。その欲求不満をデモの後、カラオケで発散させる。「やあ、うたったうたった」。娘がつぶやく。「なにやってんだろう、このひとたち」。

映画も相変わらずまだ見ている。ケン・ローチの「ブレッド＆ローズ」、「ナビゲーター　ある鉄道員の物語」。ダイ・シージエの「小さな中国のお針子」、マイケル・ムーアの「ボウリング・フォー・コロンバイン」等々。日本でも何冊か翻訳され私も好きだったイギリスの作家アイリス・マードックがアルツハイマー病で痴呆状態になっていく晩年を、若いころの美しかった姿と交互に描く「アイリス」、これにはとくに感動したことがしるされている。

映画の話をはじめると泥沼にはまりこみそうになるので、あと一つだけ。「ピエラ　愛の遍歴」(Storia di Piera)（一九三八)。

監督のマルコ・フェレーリの名前は、以前に見た「最後の晩餐」（一九七三）で憶えていた。生きることに絶望した四人の男がパリ郊外の邸宅に集まり、連日の酒地肉林のはてに次々死んでゆく。その四人を演じるのが私の好きなマルチェロ・マストロヤンニ、ミッシェル・ピコリ、フィリップ・ノワレ、ウーゴ・トニャッティと揃っているからたまらない。私は大いに楽しんだ。

その同じ監督による「ピエラ　愛の遍歴」である。以下、日記から。

「十月二十二日。

午後四時より三条通新町下ルのイタリア文化協会でイタリア映画「ピエラ　愛の遍歴」（マルコ・フェレーリ監督。イザベル・ユペール、ハンナ・シグラ、M・マストロヤンニ、一九八三）をみる。ビデオ用フィルム使用、二十席ほどの教室の壁に映写、妙な映画。イタリアの古い文化の、頽廃のにおい。」

ここで思い出した。そのころ私はながらく中断していたイタリア語を勉強し直すためイタリア文化協会に通っていて、この古い映画の上映会にめぐり会えたのだった。

日記をつづける。

「〈母親であり妻であるよりも女として自由奔放に生きるエウジェニア（シグラ）と、その母の生き方を30年間見続けるピエラ（ユペール）の母娘の物語〉（チラシの文句）。ピエラが老父（マストロヤンニ）にたのまれ性器を見せるシーン、かなりの大写しだがボカシがかかっていて、そこに（「陰毛は金髪です」）とスーパーが入るのには笑った。マストロヤンニ扮するその老父が共産党員で、〈アバンチ・ポポロ〉をアコーディオンで奏でたりする。」

イタリア文化協会、よくぞこういう映画を見せてくれた。さすがイタリア。

日記のページをさらにめくっているとカッコつきの「老い」という文字が目にとびこんできた。そこを読むと、天野忠の「老い」と題する随筆のなかで引用されている丸山豊の詩「私のための道しるべ」にあらためて感動したと記されていたのだった。丸山豊は北九州在住の医師で詩人でもあるひとだ。そこで私は本棚から天野忠の随筆集『そよかぜの中』（一九八〇年、編集工房ノア）を取り出し、そこに収められた「老い」という一篇を読みかえしてみた。

丸山の「私のための道しるべ」は三連（二十一行）から成るが、その第一連をつぎに引用する。

そのときが来たと知ったら
水が砂原に滲みるように
光が岩のおもてを這うように
しずかにこちらへおいでなさい
ためらわず
おそれずに

第二連で丸山は、この世に残す「小さな針」、「汗一しずく」について語る。それを天野忠は自分にはそのようなものが何もないとなげく。その後、愛読するアナトール・フランスの話に移り、さらにサント＝ブウブの「老いをかこつのがやはり唯一の長寿法だよ」という文句を引く。そして自分も丸山豊の「一本の針」、「一しずくの汗」を念じながら老年を、一足ずつしずかに歩いて行きたい、「弱いものの力であるあの頑強なしずかさで」と結ぶ。

この「老い」という随筆が発表されたのは一九七六年五月、天野忠六十七歳のときである。六十七は、今ならまだ十分若い。それなのにこの老人ぶりはどうか。老いが身についている。いや、この詩人は「老いの先取り」の名手だった。……

天野の「老い」、さらにそのなかの丸山豊の「私のための道しるべ」をはじめて読んだとき、私は四十半ば。どれくらい解っていたか。それから三十年ちかく経ち、古来稀なりといわれる年齢をすぎて再読して感動をあらたにした。それからさらに二十年たって九十を過ぎたいままた読みなおし、はじめて（やっと、と言うべきか）「そのときが来たと知ったら」しずかに、ためらわずおそれずに、あちらがわへ行きたい、と心からねがうようになっている。

「老い」とか「死」のことが頭にあったせいか、私の目は日記帳のなかにさらにつぎのような記述にとまる。

「五月四日。

午後、偶々12チャンネルでアルフォンス・デーケンの話を（途中から）聴く」。

日ごろめったにテレビを見ない私がたまたまＮＨＫ教育テレビの「こころの時代」

というシリーズを見た。アルフォンス・デーケンはドイツ人、上智大学神学部の教授で、当時、人間の死あるいは死後の世界について書いたり語ったりしていて有名な人だった。テレビのその回のタイトルは「失ったもののあとに」。話の聞き手は道傳愛子アナウンサー。懐かしい名前だ。

デーケンの話のうち、いちばん印象にのこったのは「死者が残すユーモア」だった。高齢の彼の母は、死ぬ前にタバコを吸いウィスキーを飲んだ。それは死後笑いとともに思い出してもらうためのユーモアだった。実際は苦しいにもかかわらず、後に残る者に楽しい思い出を残す、これが死者のユーモアだと。

私は『静かな日』の作者中村昌義の最期を思い出した。妹の手記「彼の岸に——別れの手続き」によれば、酒好きの彼は胆嚢癌の末期、もう酒が欲しくなくなると代りに妹にビールを飲ませ、その姿をながめて楽しんだ。そしていよいよ死期が近づくと同人雑誌の仲間を家に招き、取っておきのロマネ・コンティを注いでまわり、自分が死んだとき飲んでもらおうと考えていたが、いまここで飲んでもらおうと言って笑ったそうである。

また私の好きなチェーホフは主治医のドイツ人医師にむかってシャンパンのグラス

を捧げ「イッヒ・シュテルベ」（私は死にます）とドイツ語で告げて逝ったという。私にはそんな真似はできそうもないが、そのときが来たら、長年飲みつづけてきたわが生命の水、キクマサをゆるく燗をして猪口に一杯飲み干し、「ありがとう」とひとこと言ってあちら側に移りたい。……

敗戦の翌年の一九四六年十二月から二〇〇三年、いや二〇二三年の今日まで、残された古い雑誌の間を行きつ戻りつしながら続けてきたこの閑話、無駄話も、やっと行き着くべき地点にたどり着いたようだ。

上り、である。

夜の声

下の部屋から母の咳き込む声が聞こえていた。慢性気管支炎で、毎年気温が急に下がる秋口に咳は始まって、春まで断続的にしつこく続くのだった。

洗面をすませて部屋をのぞくと、母はまだ布団のなかだった。枕元に新聞紙をかぶせた痰つぼと体温計が置かれていた。

「どう?」

「うん」母は仰向けの姿勢のままわずかに目を動かせ弱々しく応じた。

「何か食べる?」

「いいから。あたしは後で自分でするから」

私はミルクとトーストで急いで朝食をすませた。その日は午前中に聴きたい講義があった。

出かける前にもう一度のぞいて見ると咳はおさまり、眠っているようだった。黙って行こうとすると薄く目を開き、力のぬけた声で言った。

「今日は部屋を貸す日でしょう。お掃除してあるの？」

「帰ってからする。晩のおかず、何にする」

「何でもいい。あんたの食べたいもの買っておいで」

「それじゃあ」

時代おくれの、先の細くなった黒の皮靴をはいて家を出た。靴も鞄も死んだ父のお古だった。

大学に着くとまず休講の有無を確かめに、文学部本館地下の学生控室に下りて行った。ひっそりと静まり返っていた。掲示板に目を走らせてからその場を去ろうとすると、奥の方から「室田君」と名を呼ばれた。藤谷の声だった。

学生控室の奥にもうひとつ小部屋があって、そこには日ごろ共産党細胞にぞくする学生がたむろし、薄暗い裸電球の下でガリ版でビラをこしらえたり、何やら密議をこらしているようであった。その穴ぐらのような部屋から長身の藤谷がのっそりと姿を現わした。後ろからもう一人、小柄な痩せた学生が出て来た。よく見る顔だが名前は知らなかった。どこか陰惨な感じのする男だった。

藤谷は指先でつまんでいる短くなったタバコをコンクリートの床に弾き飛ばすように投げ捨てると、私に近づき耳もとでささやいた。

「今日、大山のこと、頼みまっさ」

「ええ、わかってます」

大山なる人物の姿を私はまだ一度も目にしたことがなかった。しかしそれが偽名であるらしいことだけはほぼ察しがついていた。

「いまから講義？　感心やなあ。——ほんなら」

藤谷は私の肩を軽く叩くと、もう一人の学生に付き添われるようにして穴ぐらにもどって行った。

藤谷とは専攻はちがうが、何時の間にか親しく口を利く仲になっていた。大柄な体に古びた背広を着ていて、ひどく大人びて見えた。講義の前にふらりと教室に入って来て、日米反動勢力とのたたかいに立ち上れとアジ演説をぶつと、またふらりと出て行く。その話しぶりは雄弁からはほど遠かった。ときには口ごもり、羞じらいさえ感じられた。ときおりうかべる笑顔に私は好感をいだいていた。

講義が終って教室を出たところで、仏文科主任の井波教授に呼び止められた。

「きみは大学院に進むつもりですか」

「いや、まだきめてないんですけど」

しどろもどろに返事をすると、教授はちょっと驚いたような表情をうかべ足ばやに去って行った。

学生食堂で昼食をすませた後、いつものように文学部の図書閲覧室へ行った。これが貧乏学生にとっていちばん安上りな時間の使い方だった。参考文献を積み上げ、卒業論文の準備に余念のない学生の姿がその日はとくに目についた。さきほどの教授の質問を思い出すと焦った。卒業後の方針をまだ決めていないのは自分だけのような気がした。

めっきり日が短くなり早くもたそがれ始めたなかを、家の近くの市場で買物をすませて帰宅すると、母は近所のかかりつけの医者でもらった薬で咳もひとまずおさまり、すでに起きて体を動かしていた。二階の私の部屋には座布団が出され、灰皿もきれいに掃除されていた。

藤谷と親しくなったころ、共産党の細胞会議に部屋を貸してもらえないかと頼まれ、承諾したのだった。月に一度くらいの間隔で、夜二、三時間貸す。私の家は大学から遠くない住宅街にあり、家族も母と子の二人きりなので彼らの条件に適っているらしかった。アメリカ占領軍当局によるレッドパージで地下に潜らざるをえなくなった共産党幹部が非合法活動をつづけている時期だった。学生細胞とはいえ、その秘密の会議に部屋を提供することがどの程度危険なことか、私はふかくは考えていなかった。日米帝国主義とたたかうという共産党の主張に単純に共鳴し、シンパを自認してはいたものの、私が態度を決めたのはやはり藤谷への友情、いやまだそこまでは行っていない彼の人柄への親愛の情からだった。

私の簡単な説明を母は黙って聞いていた。本心がどうなのかわからなかった。部屋の下見に訪れた背広姿の藤谷を客人としてもてなし、お茶を出したりして恐縮させた。ただ部屋を貸すだけで、その他のことには一切関与しないつもりだった。会議に加わるのが学生だけかどうかもたずねなかった。メンバーの顔すら見たことがない。藤谷は連絡係で、会議には参加していないらしかった。私が知っているのは玄関に脱いである数足の靴と、彼らのうちの一人の声だけだった。最初にその男がやって来た。

玄関の戸が開き「大山ですが」と名乗った。茶の間から「どうぞ」と大声で応じると二階へ上る。すこし間をおいて次の男が、また間をおいてさらに次の男がというぐあいに一人ずつやって来るのだった。

会議の間中、居場所を奪われた私は茶の間で本を読んだりラジオを聴いたりしていた。はじめのころ、人数を調べようと玄関をのぞいたことがある。皮靴は一足だけ、他は運動靴だった。かかとの部分が折れ曲がっていたり、履き古されて形の崩れたものばかりだった。なかにずばぬけて大きいのが一足あった。「大山」のはどれだろうと思った。脂汗が滲み込み黒光りする中底を目にしたとき、二階の部屋で何かひどく危険な計画が練られているような不安感が背を走った。

階下には話し声は洩れて来なかった。母も無関心を装っていた。一定の時間が経つと頭上でどすどすという音がして、会議が終ったことがわかった。まもなく階段を下りるひめやかな足音がした。来たとき同様、一人ずつ出て行くようだった。話し声は全然聞こえなかった。最後に「失礼します」と「大山」の声がしてそれでしまいだった。

会議が終ってすこし時間をおいてから私は二階へ上った。座布団はきちんと部屋の片隅に重ねられていた。まず窓を開け、男くさい体臭のこもる空気を入れ換えた。すでに窓が少し開いていることもあった。煙草と焦げくさい臭いがかすかにただよっていた。灰皿を見ると小さな薄い紙の燃えかすが残されていた。

様子がわかって来ると、私は会議の間外出するようになった。まるで家にいなければ無関係でいられるかのように。責任を母ひとりに押しつけるような疚しさを振り切って家を出た。

しばらく行くと川端通に出る。鴨川ぞいに下って丸太町通の古本屋をひやかす。その後で気が向けば大学の友人の下宿を訪れる。これが以前の夜の散歩のコースになっていた。しかし最近、私の足は途方に暮れたように、路上で止まってしまうのだった。友人たちを避けようとしている自分を意識しはじめていた。それは共産党に部屋を貸すという小さな秘密をもつようになったことと無関係ではなかっただろう。だがむしろそれよりも、裕福な家庭の出身者である彼らの余裕綽綽たる生活態度への反撥から生じたものだった。遊ぶことがうまく、性的体験もあるらしい彼らのそばにいると自分がひどく稚く感じられた。容貌や教養の面でも私は引け目をおぼえていた。最初、魅せられでもしたように近づいて行った私はやがて劣等感に苦しめられるようになった。それは卒業が近づくにつれ焦燥感に変わり、ますます私を彼らから遠ざけるのだった。あるものは親のコネで就職がきまり、あるものは大学院進学のため勉学に打ち込んでいた。私はといえば将来のことを考えるのを怖れ、決定を一日延ばしにしながら暮らしている有様だった。その一方で母と二人の生活の問題には目をつぶり、小説を書きたい、そのためには京都を離れて東京へ出て職をみつけなければならないなどと考えていたのである。

川端通を引き返し荒神橋を過ぎてしばらく行くと、対岸に府立病院の建物が見えてきた。赤みを帯びた窓のあかりが一列に並ぶ黒い長方形の建物を見るたびに、私は夜の海上に碇泊する大きな汽船をふと連想するのだった。

そこから先は賀茂大橋にいたるまで、対岸は背後の大きな樹木とともに黒々とした闇につつまれていた。以前にその付近で突然、野太い男の叫び声を聞いたことがあった。それはオーともオーイとも聞こえ、最初私は自分が呼びかけられているのかと思わず足を止め、声のする方を凝視した。声はオーとさけび、すこし間をおいてまたオーとつづいた。目を凝らしても、暗闇に人の姿らしいものはみとめられなかった。しかし誰かがそこにいるにちがいない。発声練習でもしているのか。執拗に誰かに、何かに向かって叫びかけているのか。

いまふとその声を思い出した。ひょっとしたら毎晩一定の時間に叫んでいるのかもしれない。私はその方向へ足を向けた。しかし期待は裏切られた。しばらく川岸に立って待った。聞こえるのは川のせせらぎの音だけだった。私の存在に気づいて黙り込んだのではないか。ふとそんなことを想像した。深い夜の闇の奥に身をひそめてこちらの動静をうかがっている何者か。私はなおしばらく沈黙と対峙してその場にたたずんでいた。

夜の川風の冷たさに我に返った私は流れをさかのぼりはじめた。何処へ行こう。声への期待が外れて、急に行き場を失ったような気がした。人恋しさがひとしお胸をしめつけた。賀茂大橋にさしかかったところへちょうどやって来た銀閣寺行の市電を見ると、私はあわてて乗った。乗ってからはじめて、自分が何処へ行こうとしているかを意識した。

津川もと子はある同人雑誌に詩を書いている女子学生で、以前にいちど友人に引っ張られて行った合評会の席で知り合ったのだった。銀閣寺に近いその自宅はそれまでにも何度か訪ねて行ったことがあった。電話がないので（私のところも同様だった）

不意の訪問だったが何時も彼女は家にいた。

古い家の門のベルを押すと、毎度出て来るのは母親だった。もと子も母と二人暮らしで、そのひとはおっとりとした物言いの、賢夫人といった印象をあたえた。丁重に頭を下げて挨拶をし、頭を上げる瞬間すばやく私の顔を見た。

何度行っても、もと子はまるで待っていたように愛想よく迎えてくれた。私たちは座敷の縁側の籐椅子に小机を挟んで向き合って坐り、とりとめのないことをしゃべった。主にしゃべるのは彼女の方だった。私大の英文科に在学中のもと子は、卒業後フルブライト奨学金を得てアメリカに留学する計画を立て、熱心に勉強しているらしかった。私の関心からは遠いことだった。それとは知らず、彼女がずり落ち気味の度のいかにもつよそうな眼鏡をときどき手で押し上げながら熱心にしゃべるのを黙って聞いていると、襖のかげで「もと子」と遠慮がちに呼ぶ母親の声がした。彼女はさっと立ち上り、茶菓ののった盆を受け取ってもどって来た。

私はしゃべりたいことがあるようで、それが胸につかえて出て来ないもどかしさをおぼえていた。もと子の書く観念的な詩は私にはよく解らず好きにもなれなかった。ただその容貌に惹かれているのでもなかった。話相手として若い女性を他に知らない、ただそれだけの理由でやって来て、おそらくは勉強の邪魔をしているのだろう。そんなことを考えると一刻も早く席を立ちたくなるが、ふんぎりのつかぬまま坐りつづけていた。話が跡切れ沈黙がおとずれた。すると頃合いを見計らったようにまた襖のむこうで母親の声がした。こんどは果物だった。そのころになってやっと私は夜の更けたのに気づき、あわてていとまを乞うのだった。

帰りしなには母親は姿を見せなかった。門のところまで送って出て来たもと子は、相変わらず快活な、ちょっとぶっきらぼうに聞こえる声で「さいなら」と言った。いつも語尾の「ら」を少し引っ張るようにして言った。

私の部屋を使う日を知らせる役目は藤谷で、連絡場所は文学部図書館ときまっていた。そこに私を探しにやって来るときは「大山」の件を頼むためだった。「大山のこと、頼みまっさ」、一言そうささやくだけで彼は離れて行った。

しかしその日はちがっていた。夜、酒を飲みに行こうと誘ったのだ。私はおどろいた。彼とはそれほど親しいとは思っていなかったし、付き合いはほどほどにしておこうと内心考えていたのである。ためらう私を見て彼は金のことなら心配いらない、おごるから、と言った。

「な、ええやろ。たまには気晴らしもせんと」

人なつっこい笑顔と懇願するような口調に負けて、私は承諾した。

夕方、私は大学近くの、それまでもなんどか利用したことのある公益質屋で父の古いスイス製の銀の腕時計を形にわずかばかりの金をこしらえた。百万遍から市電に乗り千本中立売で下車した。藤谷の連れて行ったのは俗に五番町と呼ばれる遊廓に近い、小さなおでん屋だった。その店のことは、私たちの大学の有名教授がよく行くところとして噂に聞いていた。時間が早いせいか客はまだ一人もいず、頭の禿げたおやじがひとり黙々とおでんの仕込みをしていた。私たちはどぶろくを飲んだ。

その晩、藤谷はあらためて自己紹介をするように自分の身の上を語った。彼は大阪の下町に生まれ、幼いころ母親をなくし祖母の手で育てられたのだった。父親は阪神間で小さな鉄工所を経営している。朝鮮戦争の特需ブームのころは景気がよく、どうも女がいたらしい。今は落ち目だ。ひとりだけいる姉はある会社でタイピストをして働いている。

私の方も家の事情を少しは話さないわけにはいかなかった。これまでは父が遺したものでは食いつないできた。しかしもうそれも限度に達していた。大学の授業料は毎月の分割払いにしてもらい、自分の生活は奨学金と家庭教師の謝礼でまかなっていた。そのとぼしい収入のなかから月々生活費としていくらか母に渡しもしていた。

「お母さん、いいひとやね」

突然、藤谷が言い、私は返答に窮した。

「おふくろがあるちゅうのは有難いことやで、なあ室田君。大事にしてあげてや」

彼は私の顔をのぞき込むようにした。

「せやけど、おふくろがいたら、おれなんか心配のかけどうしで、結局おらん方がマシやろけど。……いちど、うちにも遊びに来てくれや。汚いとこやけど、うまいドブ飲ましたるわ。この店のなんか問題やないで」

それから彼は私に卒業後の方針をたずねた。彼自身は卒業自体おぼつかない。留年することになるだろう。私は、彼が今後も共産党員として政治活動をつづけていくのかどうか知りたかったが訊ねるのはさし控えた。

特需ブームの後、不景気の時代に入った昭和二十七年のことだった。とくに文学部の学生にとっては就職問題は深刻だった。求人はほとんどなかった。経済的に余裕のある者は大学院に進む道を選んでいた。私は東京の小さな出版社に勤める知人に就職口を頼む手紙を出していたが返事はなかった。将来の生活のことは棚に上げ、小説を書いていきたいなどとうわついたことを考えている自分が恥ずかしかった。

「あんた、恋人いるんやろ」

唐突に藤谷がたずねた。

「いや」

即座に否定した。津川もと子のことが一瞬脳裡をよぎった。

「そらウソや。仏文でメッチェンおらんはずない」

「きみはどうなの」

「いますがな。ベッピンやで。いちど見せたりたいわ、おれのベアトリーチェを」

その女性は大阪のある女子専門学校の学生で、彼同様共産党員らしかった。組織のなかで知り合い、言葉を交わしたことはあるがまだラブレターを出したこともない。

「これだけはマルクス＝レーニン主義でもどうにもなりまへんわ。所詮、高嶺の花」

その気持をじつは詩に書いたが、そのうち読んでみてほしい。彼は中学時代は文学少年で、クラス雑誌に詩を発表したことがあると打ち明けた。

店を出る間際になって、藤谷は私を遊廓に誘った。そんな予感がしていたのだが私は断った。ベアトリーチェはどうした、と意地の悪い問いが胸をよぎった。金ならあると彼は念をおした。断りつづける私の顔をふしぎそうに見つめて「女欲しゅうないのか」とたずねた。サックも余分がある。私は女が欲しいのか欲しくないのか自分でもよくわからなかった。それ以前に私は怖かったのだ。病気がではなく、性そのものが。

私たちはおでん屋を出た。先に帰ろうとする私を彼はしつこく、拝まんばかりにして引き止めた。すぐ済むから待っててくれと私を近くの喫茶店に引っ張って行った。そして言葉どおり間もなくもどって来ると、私を促して店を出た。先ほどまでと打って変わって彼は無口だった。こういう場合どんなことをしゃべったらいいかわからず、私も黙っていた。

夜が更けてもう市電の走っていない、ひっそりと静まった千本通を私は藤谷と肩を並べて北へ向かって歩いた。ところどころ、小さな飲み屋の赤い提灯が毒々しい光を投げかけていた。

「飲み直そか」

「いや」

と私は答えた。

「腹へってへん？　うどんでも食おか」

「いや、いい」

「気ぃ悪うしたんか。おれ軽蔑してるやろ」

「そんなことない」

私はつよく否定した。相手の気持を慮るべきはむしろ私の方なのだ。一緒に酒を飲んだ以上、しまいまで付き合うのが友情というものではないか。最後で突き放したような後ろめたさから、私はそれ以上言葉が出なかった。

「おれは欲望に弱い人間や」

藤谷がひとりつぶやくように言った。

千本今出川の角を東へ曲り、またしばらく黙って歩いた。藤谷のいる学生寮は私の家と同じ方向にあった。このまま黙って一緒に歩きつづけるのは気が重かった。

ある交叉点まで来たとき、突然彼は立ち止まって、近くに友人の下宿があるから泊めてもらうと言うと、通りを渡って反対側の歩道に移って行った。それからしばらくの間、私と平行して暗い道を歩いていたが、そのうちふっと掻き消されたように見えなくなった。私はそれからなお一時間近く長い道のりをとぼとぼ歩いて家にもどった。

それからしばらくたった秋のおわりのある晩、私はまた津川もと子の家を訪れた。そのころは家にいても落ち着かず、毎晩のように出歩くようになっていた。

二、三日前に私は井波教授に呼ばれ、あらためて卒業後のことをたずねられていた。大学院に進学するのなら出願の締切日が迫っている。ただ新制度になって最初のことであるから試験の期日など詳細は未だ決まっていないが、と。私は研究者になる気はない旨答え、それでは何をしたいのかと問われ、つい口をすべらせて小説を書いていきたいと言ってしまった。教授は一瞬驚いた表情で私の顔を見つめ、それから口もとに微笑をうかべて言った。「それで食べて行けますか」。さらに私の家の事情をたずね、父親がいないことを知ると腕を組み考え込んでしまった。

そのことを思い出すといまも顔が赤らむ思いだった。これまで誰にも明かしたことのない大事な秘密をつい口にしてしまった、そのことを自分に許せないと考えていた。口外したことで、そのことの滑稽さが暴露されたような気がした。私はひそかに習作のような短篇をいくつか書いていたが、まだ誰にも見せていなかったのである。

それで食べて行けますか。その声はいくら耳を塞いでもつきまとった。将来の、それも遠くはない毎日の生活をどうするか。口には出さないが母も案じているのは明らかだった。東京の知人からは依然何とも言って来なかった。このままでは卒業後も家庭教師を続けていく羽目におちいるだろう。相談にのってもらえるはずの友人からはみずから遠ざかり、また藤谷ともへだたりがあった。確たる信念もなく、ただ若い正義感から共産党の活動を助けている(私はガリ版刷りの非合法紙「独立と平和」の学内配付も手伝っていた)、そのことの不安も心の片隅にはあった。こうした心のうちを一時忘れるために私は津川もと子を選んだのだった。

その夜も彼女は家にいて、こころよく迎え入れてくれた。すくなくとも私にはそう感じられた。何の悩みもないような晴れやかな表情をして彼女は大学での講義の様子、自分が卒論の対象に選んだエミリー・ディッキンソンの詩のこと、米会話の指導をしてくれているアメリカ人神父の慈愛溢れる人柄などについてしゃべった。次第に私は苛立ちをおぼえはじめた。会いにやって来たことを悔いた。しかしもと子はその調子で話をつづけ、そのうち座を外すと一冊の薄い雑誌を持ってもどって来た。最近出た彼女の属する同人雑誌だった。表紙に刷られた目次には、彼女の訳したディッキンソンの詩の題名が載っていた。私はそこへ目を落とすだけで頁を開いてもみなかった。

「室田さんも同人にならはったら？　小説か何か書いたはるんでしょ」

「とんでもない」

私はあわてて否定した。さらに彼女は卒業後は大学院に進むのかとたずね、それも私は否定した。さすがのもと子も取りつく島がないといった様子を見せた。

それからしばらく二人とも黙っていた。足もと近くに置かれた小さな旧式のガスストーブのしゅうしゅういう音だけがやけに大きく聞こえていた。古い日本家屋の部屋のなかはそれくらいでは暖かくならなかった。足が冷えきっていた。

「寒くない？」

急にもと子が言った。私は震えていたのかもしれない。

「コート着て」

「いえ、大丈夫」

またしばらく沈黙がつづき、それに耐えられなくなったようにもと子が口を開いた。

「何かレコードでもかけましょうか」

そう言って、彼女はいたわるような表情で私の顔をのぞきこむようにした。

「いえ、もう遅いから失礼します」

そのとき、何時ものように襖のむこうから「もと子」と小さく呼ぶのが聞こえた。

ふと、さきほどからそこに坐って声をかける機をうかがっていたような気がした。

もと子は救われたようにさっと立ち上った。カステラと紅茶だった。私は恐縮した。

「どうぞ」遠慮する私に向かって彼女は言った。「これ長崎の。いただきものだけどおいしいのよ」

そんな貴重な菓子をと恐縮しながら急いで食べおわると、私は腰を上げた。

もと子は引き止めようとはせず、何時ものように門口まで送って出た。そして別れしなに妙に落ち着いた口調で言った。

「室田さん、なんでうちに来やはるの？」

私はあわてて口ごもった。

「なんでって……」

「あの、母が心配しますので」

「すみません。失礼します」

「さいならー」

何時ものように語尾を引っ張って言うと彼女は門の内へ消えた。その声がしばらく耳に残った。

疏水べりの暗い並木道をたどり、今出川通の坂を百万遍の方へ下って行った。もと子の言葉、相手のことも考えず呑気に受けてきた茶菓の接待のことなどを思い返すと全身が熱くなった。私は足を速めた。逃げるような足どり、いまにも駆け出しそうな勢いだった。顔に当たる夜気が冷たかった。父のお古の合のコートのポケットのなかで手を握りしめて私は足を急がせた。

百万遍の交差点に近づくと、行手に喫茶店のネオンが見えてきた。しばらく前に開店した高級そうな名曲喫茶だった。一度も入ったことはなかった。その前にさしかかったとき、わずかに開いたままの入口の扉のすきまから音楽が聞こえてきた。ちょうど曲が始まったところだった。ベートーベンのピアノ協奏曲第五番「皇帝」、ピアノはシュナーベル、とっさにそう思った。オーケストラはたしかワルター指揮ベルリン・フィルハーモニー。以前に友人からレコードを借りて何度も何度も聴いた曲だった。私は思わず立ち止まって耳を傾けた。冒頭のピアノ独奏部分が終って弦楽器のスラーに入ったところだった。私はそれまでの屈辱と自嘲の気分を忘れた。ああ芸術、と息を詰めて思った。世のなかにはあんな美しいものがある。私は体が震えはじめるのをおぼえた。寒さのせいでもあった。店に入りたかった。しかし貧乏性の私にはその金が惜しいのだった。

しばらく路上にたたずんで聴いていた。突然扉が開き、店の主人らしい中年の男がうさんくさそうに私の顔をながめ、それから戸をきっちりと閉めて引っ込んだ。音楽は止んだ。

冬休みの間、私は家に閉じこもって卒業論文を書いた。「会議」の方も年末年始は休みなのかその後何の連絡もなかった。藤谷の姿もしばらく見かけなかった。

年が明けて間もなく、論文を提出するために大学に出かけた。学生控室に下りて行くと、奥の穴ぐらのような場所から、よく藤谷といっしょにいるのを見かけた学生が出て来るのに出会った。彼は私の方を見向きもしなかった。相変らず顔色がわるく無精ひげを生やしていた。どこか凶悪な印象さえうけて、口を利こうとしても言葉が口のなかで凍りつくような気がした。それを無理に押し出すようにして私は話しかけた。

「藤谷どうしてる？」

「知らん」

彼は表情をほとんど変えずに吐き捨てるようにそう言うと、急いで私から離れて行った。

その一言は私の耳に、藤谷という男の存在を抹殺し去るようにひびいた。それほど冷たく突き放す口調だったのだ。何かあったのか、彼らの組織の内部で。私はとっさに「会議」のことを考えた。何かあったらしいそのことと会議の中断とを結びつけてみようとこころみて、すぐに止めた。余計な詮索をすべきではない。いずれにせよ「会議」がこのままなくなればいいと私は心の片隅でひそかに願っていたのだ。釈然としない気分のまま私はあの学生の暗い印象とともに、藤谷のことも忘れ去ろうとした。

その月の終りに学年末試験があり、ひきつづき卒論の試問がおこなわれた。簡単な質問の後で主任の井波教授は「結構でした」と口ぐせの文句を言った後、「やっぱり小説書いていきますか」とたずねた。この前のときとは異なる真面目な顔つきだった。

「さあ……」私は苦笑をうかべながら、なかば投げやりに言葉をにごした。

部屋を出るとその足で事務室の教務係へ行った。卒論以外の必要単位が取れているか確かめるためだった。教職に必要な単位の教育学関係の課目はすべて六十点ながら合格していた。

部屋を出ようとすると、「室田はん」と名を呼ばれた。木村という学生掛の老人で、学生思いの人情家として、とくに学生運動の活動家の間で親しまれている人だった。共産党のシンパらしいといううわさもあった。

「室田はん、ちょっと」

やや猫背の彼は席を立って衝立のかげに私を連れて行き、声をひそめて言った。

「藤谷はんな、国史の、あのひと死なはったん知ったはりますか」

私は驚いて彼の顔を見た。

「あんたはん、仲ようしてはったみたいやし……」

彼の話によると、死んだのは年が明けて間もないころで、死因は急性肺炎だそうであった。事務には届けが出ている。

驚きの去った後、私の胸にこみ上げてきたのは悲しみよりはむしろ、ある一つのことが終ったという実感だった。突然終ったことのあっけなさだった。何かから解放された安堵に似た気分のうちに、私はやっと自分の将来の問題を本腰を入れて考えはじめることができた。

それから何日か後、母としゃべっていて、最近部屋を使わなくなったことから私は藤谷の死を打ち明けた。

「まあ……」

短く息を吸い込むように母はそう言ったきり黙り込んだ。そして次の日の朝、私が遅い朝食の後、新聞を読んでいるところへやって来て坐り、しばらく考えこんでいた後でつぶやいた。

「ついこの前、藤谷さんがそこに坐っていたのに……」

言葉は涙にとぎれた。私の留守中に彼がやって来て、母にすすめられるままに上り込み、しばらくしゃべって行ったことを私ははじめて知った。母の言う「ついこの前」が何時のことなのか、どんなことを話したのかたずねても母はただ「さあ……」とうつ向いて考えこんでからひとこと「あのひと、お母さんがなかったのね」と言った。

翌日、母から思いがけなく藤谷の家にお悔みに行ってくれと頼まれたとき、私は意表をつかれる思いがした。ふだんは遠慮ぶかく内気な母のその頼みには、有無を言わさぬ強いものが感じられた。母が私よりもはるかに藤谷と親しかったような気がした。私は夜更けの千本通から今出川通を彼と二人で黙々と歩いたときのことを思い出した。途中、向う側に移って、ある瞬間、闇のなかにふっと掻き消されたように見えなくなった、思えばあれが藤谷を見た最後だった。私は自分の薄情さを思った。それをつぐなうためにも母の願いを聞き入れなければならない。

藤谷の家が大阪にあること以外に何も知らない私は思案のすえ、例の学生掛の老人のところへ相談に行った。彼はやがて、どうして調べたのか住所だけでなくそこへの道順までこまかく教えてくれた。電話がない、かりにあるにしても番号がわからないので急に行っても留守かもしれんと老人は心配し、「気の毒になあ、ええ学生さんやったのに」と言って胸の前で手を合わすしぐさを見せた。

その日は雪のちらつく寒い日だった。私は母が「少ないけど」と言って包んでくれた香奠を学生服の上着のポケットに押し込み、そのうえから父のお古の重い冬オーバーを着て家を出た。玄関のところまで母が黙って見送りに出た。

大阪をほとんど知らず、はたして無事たどり着けるかどうか不安だったが、そのわりには簡単に藤谷の家はみつかった。学生掛の老人の教え方の要領のよさに私は感心した。国鉄の環状線の桃谷で下車し、まだ舗装されていない狭い道を行き、タバコ屋の角を曲がった路地の長屋にその家はあった。古い二階建の日本家屋で、鉄工所の経営者の住まいにしては貧相に見えた。いちど遊びに来てくれと言っていた藤谷の言葉を思い出した。

さいわいにも家には祖母に当たる人がいた。背は少し曲がっているものの顔つきは意外と若く、私の母とあまり変わらぬ印象をうけた。京都からやって来たと告げると、彼女は大いに恐縮して何度も深々と頭を下げた。

乞われるままに家に上り、奥の仏間に通された。仏前に香奠を供え、線香に火をつけて合掌した。詰襟の学生服姿の、まだ少年気のぬけぬ藤谷の写真が飾ってあった。まるで別人のように見えた。入学記念に撮ったものかもしれなかった。手前には菓子と湯呑みに入った水が供えられていた。

お参りをすませるとすぐに帰るつもりだった。しかし引き止められた。祖母に当たるひとは私を茶の間の煉炭火鉢のそばに坐らせ、お茶がわりにといって湯呑み茶碗に

一升びんから酒を注いですすめた。私は仏前に供えてあるのが水でなく酒であることに気づいた。彼女は自分の茶碗にも注ぎ、

「あの子はこれが好きでしたよって、ま、供養のつもりで飲んでやってください」

そう言って小さく笑った。

年末にめずらしく家にもどっていた藤谷は、これからは勉強するんやと言いながらも、風邪をこじらせたまま外を飲み歩いていた。医者嫌いで、肺炎とわかったときは手遅れだった。

「母親がおりませんので、つい私が甘やかしてしもて。無茶ばっかりしよりまして……」

茶碗の酒を飲みおわり、腰を上げかけたときだった。しばらくじっと何ごとか考えている風であった祖母が、ためらいがちに聞いた。

「それで、あの子は、女ごを知ってましたんか」

「……ええ」

「ああよかった、よかった」

そう言うと彼女は肉の厚い手で顔を覆った。私はしばらく言葉もなく身をかたくし

て、彼女の丸い肩がこまかく震えるのをながめていた。

やがて泣き止むと、彼女は手で涙をぬぐいながら「すんまへんなあ、泣いたりして」と言って笑った。


もう諦めていた東京からの返事がとどいたのは、それから間もなくしてからだった。依頼の件はすぐには無理だ。だがしばらくこちらにいたら、どこかもぐり込めるところが見つかるかもしれない。保証はしかねるが遊びに来るつもりでいちど上京してはどうか。宿は自分のところに泊まればいいから。——ほぼこのような内容だった。

上京のことを母に打ち明けるのを私はしばらくためらっていた。その後母は藤谷についても、彼の家の様子についても一言もたずねなかった。黙っていても何もかも知っているような気がした。何時か藤谷が家にやって来たと母が洩らしたことを私は思い出した。あのとき彼はしゃべったのではあるまいか。自分の生い立ちのこと、母親代りの祖母のこと。党員としての活動のこと、そしてひょっとしたら「ベアトリーチェ」のことまでも。おそらく黙って聞いていて、その後も沈黙を守っている母の小さな痩せた姿と、背を震わせて泣いた藤谷の祖母の丸い背中とが私の胸で重なった。

あの子は女を知っていただろうかとたずねた際の、目もとにうかんだ羞じらいに似たためらいの色を思い出した。「ええ」ととっさに答えたとき、私の念頭にあったのは遊廓の女だったのか「ベアトリーチェ」だったのか。じつは藤谷は童貞のまま死んだのではないか。……

東京行きの話を聞いた母はしばらく黙って考えこんだ後、ぽつりと言った。

「私はどうなるの」

「どうなるのって、ただちょっと様子を見に行って来るだけだから」

母は、いずれ京都を去ろうと決めている私の胸のうちを読み取っていたのだ。病弱な母をどうするか、私はまだそこまで現実の問題として考えていなかったのである。

京都から東京まで、夜行の急行列車で十時間ほどかかる。指定券を手に入れるには朝早く駅の窓口で並ばねばならなかった。

出発の日の朝、母が言った。

「あんたが東京に行くことが決まったら、私は熊本に帰ろうかと思う」

熊本は母の故郷で、そこにはきょうだいが何人か住んでいた。

「そうなったらこの家も売らなきゃね。……お父さんの遺してくれたものを手放したりしたらバチが当たるかもしれんけど」

さびしそうに笑ったあと、母はいよいよ底をついてきた家の財政状態を打ち明けた。じつは藤谷から部屋を使わせてくれと申し入れがあったとき、二階の二間を人に貸そうかと考えていたのだという。

「もう会議はないのね」

「ほかにいい場所が見つかったのかもしれん」

「そうならいいけど……」

その後、藤谷のことをふくめ「彼ら」のことを忘れようとしてきた私とは逆に、母はずっと気にかけていたのだった。自分ひとりの将来のことばかり考えている自分が冷たい利己的な人間のように思えた。

出発の日は夜までの時間がひどく長く感じられた。私は津川もと子に葉書を書いた。勉強の邪魔をしたことを謝まり、自分は京都を離れるのでもうお目にかかることはあるまい、アメリカ留学の夢の実現を祈っているといった内容のものだった。読み返し、これなら迷惑はかかるまいと思った。

早めに夕食をすますと、私は直ぐもどってくるのだからと母を安心させておいて、中身の軽い古いボストンバッグを下げて家を出た。考えてみれば住む家から着るもの、履くもの、この鞄にいたるまで父の遺していったものばかりだった。それも遠からず使えなくなるだろう。

汽車の時間にはまだ十分余裕があった。駅に行く前に少し歩いて気持を落ち着けたかった。まるでもう永久にこの土地を去ろうとしているような興奮を私は抑えかねているのだった。

いつものように川端通に出た。すでに三月に入っていたが夜の川風は冬のように冷たかった。川べりを歩きながら東京での日々を想像しようとしたが、何のイメージもうかんでこなかった。私を迎えてくれるはずの知人の顔すらはっきりしなかった。すでに絆を絶ったつもりのこの古い市(まち)とまだ見ぬ大都会との間に宙吊りになっている自分を感じた。

行く手の対岸に点々と明かりのともる病院の黒い建物が見えてきたとき、私は以前にその先の川べりの暗闇で聞いた声のことを思い出した。思い出したというよりも、無意識のうちにその声に誘われて足がその方へ向かったように思われた。ひょっとしたら今夜は聞こえるかもしれない。そんな子供じみた期待感が胸の底にわいた。

水かさの減った暗い川床に、枯草に覆われた中洲がほの白く浮かんで見えていた。そこから風の音にまじってせせらぎの音が伝わってきた。鞄を地面に起き、しばらくたたずんだまま対岸とその向こうの木立ちの暗がりに目を凝らしていた。岸辺の闇がかすかに動くような気がした。目が慣れてくると何か白いものが、人影のようなものが見えてきた。それは動かなかった。やがて目の錯覚で、闇のなかの白いまだらにすぎぬことがわかった。しばらく耳を傾けた。風の音と、せせらぎの音以外は、たまに遠くの橋のうえを通る市電の音が聞こえてくるだけだった。それでもなお私は耳を傾けつづけた。あるときはオーオーと、あるときはオーイオーイと聞こえていたあの夜の声は、いまでは私の胸のうちで鳴っているのだった。

時計を見ると意外なほど時が過ぎていた。鞄を持ち上げると私は明りのともる大通りの方へ、また昂ぶりはじめた気持をこらえながら急かされるように足を速めた。

声はもう私の内でも止んでいた。

(一九九七年九月)

初出一覧

三冊の本　「海鳴り」31号（二〇一九年五月）
三人の作家――耕治人、小田仁二郎、瀬戸内晴美　「海鳴り」35号（二〇二三年四月）
ヌーボーの会のこと　「海鳴り」32号（二〇二〇年四月）
同僚――生田耕作さんのこと　「海鳴り」33号（二〇二一年四月）
引用――坪内祐三　「ユリイカ」五月臨時増刊号（二〇二〇年四月）
Mさんのこと　「ぽかん」10号（二〇二三年十一月）
〈マリ・バシュキルツェフ〉を求めて　書き下ろし（二〇二三年十月）
ムシからヒトへ――日高敏隆をめぐるあれこれ　書き下ろし（二〇二三年十二月）
もういいか――小沢さんとわたし　「ぽかん」9号（二〇二一年十月）

＊

雑々閑話　書き下ろし（二〇二三年十二月）

＊

夜の声　「季刊文科」3号（一九九七年九月）

山田　稔（やまだ・みのる）

一九三〇年北九州市門司に生れる。一九四二年より京都在住。京都大学でフランス語を教え、一九九四年に退官。

主要著書

『スカトロジア』（三洋文化新人賞）
『コーマルタン界隈』（芸術選奨文部大臣賞）
『ああ、そうかね』（日本エッセイスト・クラブ賞）
『北園町九十三番地　天野忠さんのこと』
『八十二歳のガールフレンド』、『マビヨン通りの店』、
『富士さんとわたし　手紙を読む』、『天野さんの傘』、
『こないだ』、『山田稔自選集』全三巻など。

翻訳書として、
ロジェ・グルニエ『フラゴナールの婚約者』（日仏翻訳文学賞）、同『チェホフの感じ』、アルフォンス・アレー『悪戯の愉しみ』、『フランス短篇傑作選』、エミール・ゾラ『ナナ』など。

もういいか

二〇二四年十月十七日発行

著　者　山田　稔
発行者　涸沢純平
発行所　株式会社編集工房ノア
〒五三一―〇〇七一
大阪市北区中津三―一七―五
電話〇六（六三七三）三六四一
ＦＡＸ〇六（六三七三）三六四二
振替〇〇九四〇―七―三〇六四五七
組版　株式会社四国写研
印刷製本　亜細亜印刷株式会社

ISBN978-4-89271-389-7

山田稔著書編集工房ノア刊一覧

影とささやき　一九八五年
生の傾き　一九九〇年
太陽の門をくぐって　一九九六年
北園町九十三番地——天野忠さんのこと　二〇〇〇年
幸福へのパスポート（新編）　二〇〇一年
リサ伯母さん　二〇〇二年
再会　女ともだち（新編）　二〇〇三年
スカトロジア＝糞尿譚（新編）　二〇〇四年
八十二歳のガールフレンド　二〇〇五年
特別な一日　読書漫録（新編）　二〇〇八年
富士さんとわたし——手紙を読む　二〇〇八年

マビヨン通りの店　二〇一〇年
コーマルタン界隈（新版）　二〇一二年
天野さんの傘　二〇一五年
こないだ　二〇一八年
某月某日　シネマのある日常　二〇二二年
メリナの国で　新編旅のなかの旅　二〇二三年
もういいか　二〇二四年
山田稔自選集　Ⅰ　二〇一九年
山田稔自選集　Ⅱ　二〇二〇年
山田稔自選集　Ⅲ　二〇二〇年